普通話水平測試速戰攻略

60 篇朗讀作品

普通話水平測試速戰攻略
60 篇朗讀作品

張勵妍　劉懷真　編著

三聯書店（香港）有限公司

責任編輯　張橙子
書籍設計　吳冠曼
排　　版　周　敏

書　　名　普通話水平測試速戰攻略——60篇朗讀作品
編　　著　張勵妍　劉懷真
出　　版　三聯書店（香港）有限公司
香港鰂魚涌英皇道1065號1304室
香港發行　香港聯合書刊物流有限公司
香港新界大埔汀麗路36號3字樓
印　　刷　陽光印刷製本廠
香港柴灣安業街3號6字樓
版　　次　2011年11月香港第一版第一次印刷
規　　格　16開（185 × 260 mm）288面
國際書號　ISBN 978-962-04-3120-3

Published & Printed in Hong Kong

目錄

附錄

編寫說明

普通話在全國推廣已經五十多年，自 1994 年國家語委舉辦普通話水平測試以來，每年參加測試的人以百萬計，提升自身普通話的能力，以及取得評估的鑒定，逐漸受到重視。在港澳地區，人們學習普通話、參加各類普通話培訓班以及報考普通話水平測試，近年來形成熱潮。

從學習語言的角度來說，習慣使用方言的人，要達到說標準普通話的目標，需要克服很多障礙。普通話水平測試其中的一個項目，是朗讀文章，習慣說方言的人在朗讀文章時遇到的主要困難，是字詞的普通話讀音記不住。除了一些跟方言讀音相差很遠的難字、僻字之外，多音字的辨別，以至方言裏沒有的輕聲、兒化、變調的詞語等等都需要記認，這些都是學習普通話的難點。

習慣使用方言交流的人說起普通話，常常改不掉自己的方言口音。例如廣東人，最明顯的毛病就是發不好翹舌音，後鼻韻母發音太前，還有 n 和 l 聲母不分等。

本書針對粵方言區人的語音問題，編寫正音訓練材料，協助讀者糾正讀音和發音的錯誤。本書以測試大綱裏的 60 篇朗讀作品為基礎，根據不同的難點摘選重點句、段，分類排列整理，供讀者集中練習，依照難點字詞的標示，強化記憶、糾正發音。

本書的分類有以下各項：

重點句段練習	1. 重點句、段朗讀
詞語練習	2. 難讀字詞認記
	3. 必讀輕聲詞、一般輕讀詞練習
	4. 兒化詞練習
	5. 多音字分辨
	6. 四字詞
	7. 人名、專名

發音分辨	8. 翹舌音 zh ch sh、平舌音 z c s、舌面音 j q x 聲母分辨
	9. 前鼻韻母 -n、後鼻韻母 -ng 分辨
	10. 聲母 n、l 分辨
	11. 一字聲調練習
	12. 不字聲調練習

此書以 60 篇朗讀作品的句、段或詞組組織訓練材料，每篇一課，共 60 課。每課的材料，按上述分類排列，訓練的語音重點，在句子中用粗體標示，所涉及的詞語，在句子旁邊重複列出，並注漢語拼音。舉例如下：

前鼻韻母、後鼻韻母分辨（-n /-ng）

它的**幹**呢，**通常**是**丈**把高	gàn 幹　tōngcháng 通常　zhàng 丈　bǎ 把
然而決不是**平凡**的樹	rán'ér 然而　píngfán 平凡

本書練習設計的出發點，是精選出最有針對性的材料，讓應試者能在短時間內掃除讀音障礙、糾正自己的語音缺陷，進而自然流暢地朗讀作品，達到普通話水平測試的要求。本書的特點，是難點集中、重點分明。編排上，讓各項語音難點的練習在句子或段落中體現，重視整體語感。

作為一本高效的考試指導書，必須能夠幫助應試者在有限的時間內達到全面而又有針對性的訓練效果。當然，“備考”也是一個重要過程，要讓應試者通過練習，增強說普通話的能力和信心，最終能自如地運用。本書不但適合應試者自學，也是一本很好的指導學生應考的教師用書。

張勵妍　劉懷真

2011 年 1 月

學習指引

本書根據《普通話水平測試實施綱要》中 60 篇朗讀作品編寫訓練材料。每篇作品的練習包括三大部分：分別是句段練習、詞語練習和發音分辨。第一部分摘錄作品中包含長句子的片段；後兩個部分各分若干細項，列出與練習重點相關的例句和詞語（詞語配錄音，正文中不再作具體標示）。

各項練習的舉例及說明如下：

❶ 重點句、段練習

參考句中停頓的提示，把握朗讀時的流暢度

Liǎng gè tónglíng de niánqīngrén tóngshí shòugù yú
兩 個 同齡 的 年輕人 / 同時 受僱 於

yì jiā diànpù bìngqiě ná tóngyàng de xīn·shuǐ
一 家 店舖， 並且 / 拿 同樣 的 薪水 。

（作品 2 號）

所列句子中，用“/”號提示呼吸或停頓的位置。

❷ 詞語練習

（一）難讀字詞認記

它沒有**婆娑**的姿態，沒有**屈曲**盤旋的**虯枝**（作品 1 號）	pósuō 婆娑 qūqū 屈曲 qiúzhī 虯枝
他們舖子的**西紅柿**賣得很快，**庫存**已經不多了（作品 2 號）	xīhóngshì 西紅柿 kùcún 庫存

列出較陌生的、或雖常用但普通話語音比較難記的字詞，集中認記。

句子中標示必讀輕聲詞、一般輕讀詞，便於朗讀時加強認記及把握輕重節奏。

（二）必讀輕聲詞、一般輕讀詞練習

（一般輕讀詞的輕讀音節，注音前加圓點作標記）

一邊在心裏盤**算着**怎樣向他解釋清**楚** 他和阿諾德之間**的**差別（作品 2 號）	pánsuan 盤算　qīngchu 清楚
天放晴**了**，太**陽**出**來了**（作品 5 號）	tài·yáng 太陽　chū·lái 出來

句子中標示的語法輕聲字（如"着"、"的"、"了"等），一般在詞語欄不列。

（三）兒化詞練習

他到老闆**那兒**發牢騷了（作品 2 號）	nàr 那兒

詞語欄除列出句中標示的詞語外，同時列出多音字在其他例子中的讀音。

（四）多音字分辨

人們從《**論**語》中學得智慧的思考（作品 6 號）	Lúnyǔ 論語 / lǐlùn 理論

列出作品中的成語、俗語及四字結構的常用語，反復熟讀。

（五）四字詞

qí fēng yì sú 奇風異俗（作品 6 號）	bù jiā yǎnshì 不加掩飾（作品 19 號）

專名一般較難掌握，列出以便於集中練習。

（六）人名、專名

Bùlǔnuò 布魯諾（作品 2 號）	Xībólìyà 西伯利亞（作品 16 號）

❸ 發音分辨

（一）翹舌音、平舌音、舌面音聲母分辨（zh ch sh / z c s / j q x）

幾乎沒有**斜生**的（作品 1 號）	jīhū 幾乎　xié 斜　shēng 生

巧妙地**設計**了**只**用一根**柱子支撐**的大廳天花板（作品 19 號）	qiǎomiào 巧妙　shèjì 設計　zhǐ 只 zhùzi 柱子　zhīchēng 支撐

普通話中容易混淆的幾組聲母和韻母，發音較難分辨。詞語欄列出相關字詞，便於集中練習。

（二）前鼻韻母、後鼻韻母分辨（-n /-ng）

布魯諾**很**不**滿**意老**闆**的不**公正**待遇（作品 2 號）	hěn mǎnyì 很 滿意　gōngzhèng 公正 láobǎn 老闆
給**馳蕩**的**童心**帶來幾**分瘋狂**（作品 9 號）	chídàng 馳蕩　tóngxīn 童心　fēn 分 fēngkuáng 瘋狂

例句標示所有相關的重點字，便於在語流中把握好這些字的發音。

（三）n 聲母、l 聲母分辨

這國家概**念**就變得有血有肉（作品 11 號）	gàiniàn 概念
走進**了**燦**爛**輝煌的藝術殿堂（作品 29 號）	cànlàn 燦爛

（四）一字聲調練習（按照實際讀出的聲調注音）

一是嘗試為別人解決**一**個難題（作品 4 號）	yī shì 一 是（序數讀原調） yí gè 一 個
每年**一**度的盛大節日（作品 30 號）	yí dù 一度

“一”和“不”的詞語按照實際讀音標注聲調，方便練習變調。“一”讀原調的例子會附加説明。

（五）不字聲調練習（按照實際讀出的聲調注音）

不公正待遇（作品 2 號）	bù gōngzhèng 不 公正
在歷史上**不**過是一瞬間（作品 24 號）	búguò 不過

作品 1 號《白楊禮贊》

1 重點句、段練習

參考句中停頓的提示，把握朗讀時的流暢度

（1）
Nà shì lìzhēng shàngyóu de yì zhǒng shù bǐ zhí de gàn bǐ zhí de zhī
那是/力爭 上游的一 種 樹，筆直的幹，筆直的枝。

（2）
Zhè shì suī zài běifāng de fēngxuě de yā pò xià què bǎochízhe juéjiàng tǐng
這是/雖在北方的風雪的壓迫下/卻保持着/倔強 挺
lì de yì zhǒng shù Nǎpà zhǐyǒu wǎn lái cū xì ba tā què nǔ lì xiàng
立的一 種 樹！哪怕/只有 碗 來粗細吧，它/卻努力 向
shàng fāzhǎn gāo dào zhàng xǔ liǎng zhàng cāntiān sǒnglì bùzhé-
上 發展，高到 丈 許，兩 丈，參天聳立，不折
bùnáo duìkàngzhe xī běifēng
不撓，對抗着西北風。

（3）
Dāng nǐ zài jī xuě chū róng de gāoyuán ·shàng zǒuguò kàn·jiàn píngtǎn de
當 你/在積雪初融的高原 上 走過，看見 平坦的
dà dì ·shàng àorán tǐnglì zhème yì zhū huò yì pái báiyángshù nándào nǐ
大地 上 /傲然 挺立 這麼一株/或一排/白楊樹，難道你
jiù zhǐ jué·dé shù zhǐshì shù nándào nǐ jiù bù xiǎngdào tā de pǔzhì yán
就只覺得/樹只是樹，難道你就不 想到/它的樸質，嚴
sù jiānqiáng bù qū zhìshǎo yě xiàngzhēngle běifāng de nóngmín
肅，堅強 不屈，至少也象徵了/北方的農民；……

❷ 詞語練習

（一）難讀字詞認記

它所有的**椏枝**呢	yā zhī 椏枝
更不用說**倒垂**了	dàochuí 倒 垂
它沒有**婆娑**的姿態，沒有**屈曲**盤旋的**虬枝**	pó suō　qū qū　qiú zhī 婆娑　屈曲　虬枝
在北方的風雪的**壓迫**下卻保持着**倔強**挺立	yā pò　juéjiàng 壓迫　倔 強
它卻是偉岸、正直、**樸質**、嚴肅，也不**缺乏**溫和	pǔ zhì　quē fá 樸質　缺乏

（二）必讀輕聲詞、一般輕讀詞練習（一般輕讀詞的輕讀音節，注音前加圓點作標記）

幾乎**沒有**斜生**的**	méi·yǒu 沒 有
那麼，白楊樹算**不得**樹中**的**好女子	nà me　suàn ·bù ·dé 那麼　算 不 得
看見平坦**的**大地**上**傲然挺立	kàn·jiàn　dàdì ·shang 看 見　大地 上

（三）多音字分辨

像是加以人工**似**的	shìde　sìhū 似的 / 似乎
更不用說**倒**垂了	dàochuí　dǎotā 倒垂 / 倒塌
光滑而有銀色的**暈**圈	yùnquān　yūndǎo 暈圈 / 暈倒
在北方的風雪的壓迫下卻保持着倔**強**挺立	juéjiàng　qiángdà 倔強 / 強大
白楊樹算不得樹中的**好**女子	hǎo nǚzǐ　àihào 好 女子 / 愛好

（四）四字詞

juéwú pángzhī 絕無 旁枝	cāntiān sǒnglì 參天 聳立
lìzhēng shàngyóu 力爭 上游	jǐn jǐn kàolǒng 緊緊 靠攏
qū qū pánxuán 屈曲 盤旋	héng xié yì chū 橫 斜 逸 出
juéjiàng tǐnglì 倔強 挺立	

3 發音分辨

（一）翹舌音、平舌音、舌面音聲母分辨（zh ch sh /z c s /j q x）

幾乎沒有**斜生**的	jī hū xié shēng 幾乎 斜 生
這就是白楊**樹**，**西**北**極**普通的**一種樹**，然而**決**不**是**平凡的**樹**	zhè jiùshì shù xīběi jí 這 就是 樹 西北 極 yì zhǒng jué bú shì 一 種 決 不 是
當你**在積雪初融**的高原**上走**過	zài jī xuě chū róng shàng zǒuguò 在 積雪 初 融 上 走過
難道你**就只覺**得**樹只是樹**	jué·dé zhǐshì 覺得 只是

（二）前鼻韻母、後鼻韻母分辨（-n /-ng）

它的**幹**呢，**通常**是**丈**把高	gàn tōngcháng zhàng bǎ 幹 通常 丈 把
它卻努力**向上**發**展**，高到**丈**許，兩**丈**	xiàngshàng fāzhǎn 向上 發展
然而決不是**平凡**的樹	rán'ér píngfán 然而 平凡
難道你**竟**一**點**兒也不**聯想**到	nándào jìng yìdiǎnr liánxiǎng 難道 竟 一點兒 聯想

（三）n 聲母、l 聲母分辨

它所有的椏枝**呢**，一**律**向上，而且緊緊靠**攏**	ne 呢　yílǜ 一律　kàolǒng 靠攏
哪怕只有碗**來**粗細罷，它卻**努力**向上發展	nǎpà 哪怕　wǎnláicūxì 碗來粗細　nǔlì 努力
參天聳**立**，不折不**撓**	sǒnglì 聳立　bùzhé-bùnáo 不折不撓
象徵了北方的**農**民	nóngmín 農民

（四）一字聲調練習（按照實際讀出的聲調注音）

作品**一**號	yī hào 一 號（序數讀原調）
一丈以內	yí zhàng 一 丈
一律向上	yílǜ 一律
成為**一**束	yí shù 一 束
那是力爭上游的**一**種樹	yì zhǒng 一 種
一株或**一**排白楊樹	yì zhū 一 株　yì pái 一 排

（五）不字聲調練習（按照實際讀出的聲調注音）

參天聳立，**不**折**不**撓，對抗着西北風	bùzhé-bùnáo 不折不撓
然而決**不**是平凡的樹	jué bú shì 決 不 是
也許你要說它**不**美麗	bù měilì 不 美麗
它……也**不**缺乏溫和，更**不**用提它的堅強**不**屈與挺拔，它是樹中的偉丈夫	bù quē fá 不 缺乏　bú yòng 不 用　jiānqiáng 堅強　bùqū 不屈
難道你就**不**想到它的樸質，嚴肅	bù xiǎngdào 不 想到

作品 2 號《差別》

1 重點句、段練習

參考句中停頓的提示，把握朗讀時的流暢度

(1) Liǎng gè tónglíng de niánqīngrén tóngshí shòugù yú yì jiā diànpù bìngqiě ná tóngyàng de xīn·shuǐ
兩 個 同齡 的 年輕人 / 同時 受僱 於 一家 店鋪 ， 並且 / 拿 同樣 的 薪水 。

(2) Bùlǔnuò hěn bù mǎnyì lǎobǎn de bù gōngzhèng dàiyù Zhōngyú yǒu yì tiān tā dào lǎobǎn nàr fā láo·sāo le Lǎobǎn yìbiān nàixīn de tīngzhe tā de bào·yuàn yìbiān zài xīn·lǐ pánsuanzhe zěnyàng xiàng tā jiěshì qīngchu tā hé Ānuòdé zhījiān de chābié
布魯諾 / 很 不 滿意 / 老闆 的 不 公正 待遇 。 終於 有一天 / 他 到 老闆 那兒 發 牢騷 了。老闆 / 一邊 耐心 地 / 聽着 他 的 抱怨 ，一邊 / 在 心裏 盤算着 / 怎樣 向 他 解釋 清楚 / 他 和 阿諾德 之間 的 差別。

(3) Ānuòdé hěnkuài jiù cóng jíshì ·shàng huí·lái le Xiàng lǎobǎn huìbào shuō dào xiànzài wéizhǐ zhǐyǒu yí gè nóngmín zài mài tǔdòu Zhège nóngmín yí gè zhōngtóu yǐhòu hái huì nònglái jǐ xiāng xīhóngshì jù tā kàn jiàgé fēicháng gōng·dào
阿諾德 / 很 快 就 從 集市 上 / 回來 了。 向 老闆 彙報 說 / 到 現在 為止 / 只有 一 個 農民 在 賣 土豆，……這個 農民 / 一 個 鐘頭 以後 / 還 會 弄來 幾 箱 西紅柿 ，據 他 看 / 價格 非常 公道 。

❷ 詞語練習

（一）難讀字詞認記

而那個叫布魯諾的小伙子卻仍在原地**踏步**	tàbù 踏步
老闆一邊耐心地聽着他的**抱怨**	bào·yuàn 抱怨
您現在到**集市**上去一下	jíshì 集市
他們鋪子的**西紅柿**賣得很快，**庫存**已經不多了	xīhóngshì 　kùcún 西紅柿　庫存

（二）必讀輕聲詞、一般輕讀詞練習（一般輕讀詞的輕讀音節，注音前加圓點作標記）

並且拿同樣的**薪水**	xīn·shuǐ 薪水
叫阿諾德的那個**小伙子**青雲直上	xiǎohuǒzi 小伙子
終於有一天他到老闆那兒發**牢騷了**	láo·sāo 牢騷
一邊在心裏**盤算着**怎樣向他解釋**清楚**他和阿諾德之間**的**差別	pánsuan　qīngchu 盤算　清楚
布魯諾**先生**	xiānsheng 先生
價格是**多少**	duō·shǎo 多少
看看阿諾德**怎麼**説	kànkan　zěnme 看看　怎麼
布魯諾趕快戴**上帽子**又跑到集**上**	dài·shàng　màozi　jí·shàng 戴上　帽子　集上
然後回來**告訴**老闆一共四十袋土豆	gàosu 告訴
一共四十**口袋**	kǒudai 口袋
據他看價格非常**公道**	gōng·dào 公道
他們**鋪子的**西紅柿賣**得**很快	pùzi 鋪子

（三）兒化詞練習

他到老闆**那兒**發牢騷了	nàr 那兒

（四）多音字分辨

怎樣向他解釋清楚他和阿諾德之間的**差**別	chābié chàbuduō 差別 / 差不多

（五）四字詞

qīngyún zhíshàng 青雲 直上

（六）人名、專名

Bùlǔnuò 布魯諾	Ānuòdé 阿諾德

❸ 發音分辨

（一）翹舌音、平舌音、舌面音聲母分辨（zh ch sh /z c s /j q x）

叫阿諾德的那個**小**伙**子青**雲**直上**	jiào xiǎohuǒzi qīngyún zhíshàng 叫 小伙子 青雲 直上
心裏盤**算着怎**樣**向**他解**釋清楚**	xīn·lǐ pánsuanzhe 心裏 盤算着 zěnyàng xiàng jiěshì qīngchu 怎樣 向 解釋 清楚
布魯諾又第**三次**跑到**集上**	dì-sān cì jí·shàng 第三 次 集上
價格**是**多**少**	jiàgé duō·shǎo 價格 多少

現在請您**坐**到**這**把椅**子上一句**話也不要**說**	xiànzài qǐng zuò zhè 現在 請 坐 這 yǐzi ·shàng yí jù huà shuō 椅子 上 一句話 說
弄來**幾箱西**紅**柿**	jǐ xiāng xīhóngshì 幾 箱 西紅柿

(二) **前鼻韻母、後鼻韻母分辨**(-n /-ng)

兩個**同齡**的**年輕人**	liǎng gè tónglíng niánqīngrén 兩 個 同齡 年輕人
布魯諾**很**不**滿**意老**闆**的不**公正**待遇	hěn mǎnyì lǎobǎn gōngzhèng 很 滿意 老闆 公正
布魯諾**趕**快戴**上**帽子	gǎnkuài dài·shàng 趕快 戴上
只有一個**農民**	nóngmín 農民

(三) n **聲母、l 聲母分辨**

他到**老**闆**那**兒發**牢**騷了	lǎobǎn nàr láo·sāo 老闆 那兒 牢騷
一邊**耐**心地聽着他的抱怨，一邊在心**裏**盤算着怎樣向他解釋清楚他和阿**諾**德之間的差別	nàixīn xīn·lǐ Ānuòdé 耐心 心裏 阿諾德
布**魯諾**先生	Bùlǔnuò 布魯諾
只有一個**農民拉了**一車土豆在賣	nóngmín lāle 農民 拉了
弄來幾箱西紅柿	nònglái 弄來

(四) **一字聲調練習**(按照實際讀出的聲調注音)

同時受僱於**一**家店舖	yì jiā 一 家
可是**一**段時間後	yí duàn 一 段

終於有**一**天	yì tiān 一 天
一邊耐心地聽着他的抱怨，**一**邊……	yìbiān 一邊
您現在到集市上去**一**下	yíxià 一下
拉了**一**車土豆在賣	yì chē 一 車
一句話也不要説	yí jù 一 句
只有**一**個農民在賣土豆，**一**共四十口袋	yí gè yí gòng 一 個 一 共

（五）不字聲調練習（按照實際讀出的聲調注音）

不公正待遇	bù gōngzhèng 不 公正
一句話也**不**要説	búyào 不要
庫存已經**不**多了	bù duō 不 多
土豆質量很**不**錯	búcuò 不錯

作品 3 號《醜石》

1 重點句、段練習

參考句中停頓的提示，把握朗讀時的流暢度

（1） Wǒ chángcháng yíhàn wǒ jiā mén qián nà kuài chǒu shí tā hēiyǒuyǒu de wò zài nà·lǐ niú shìde múyàng shéi yě bù zhī·dào shì shénme shíhou liú zài zhè·lǐ de shéi yě bú qù lǐhuì tā

我常常遺憾/我家門前/那塊醜石：它/黑黝黝地/臥在那裏，牛似的模樣；誰也不知道/是什麼時候/留在這裏的，誰也不去/理會它。

（2） Tā bú xiàng hànbáiyù nàyàng de xìnì kěyǐ kèzì diāohuā yě bú xiàng dà qīngshí nàyàng de guānghuá kěyǐ gōng lái huànshā chuíbù Tā jìngjìng de wò zài nà·lǐ yuàn biān de huáiyīn méi·yǒu bìfù tā huā'·ér yě búzài zài tā shēnbiān shēngzhǎng

它不像/漢白玉那樣的細膩，可以/刻字雕花，也不像/大青石那樣的光滑，可以供來/浣紗捶布。它靜靜地/臥在那裏，院邊的槐陰/沒有庇覆它，花兒/也不再/在它身邊生長。

（3） Yǐhòu yòu láile hǎoxiē rén dōu shuō zhè shì yí kuài yǔnshí cóng tiān·shàng luò xià·lái yǐ·jīng yǒu èr-sānbǎi nián le shì yí jiàn liǎo·bùqǐ de dōngxi

以後/又來了好些人，都說/這是一塊隕石，從天上落下來/已經有/二三百年了，是一件/了不起的東西。

❷ 詞語練習

（一）難讀字詞認記

它**黑黝黝**地**臥**在那裏	hēiyǒuyǒu 黑黝黝 wò 臥
院邊的**槐陰**沒有**庇覆**它	yuàn biān 院邊 huáiyīn 槐陰 bìfù 庇覆
荒草便**繁衍**出來，**枝蔓**上下	fányǎn 繁衍 zhīmàn 枝蔓
時時**咒罵**它，**嫌棄**它	zhòumà 咒罵 xiánqì 嫌棄

（二）必讀輕聲詞、一般輕讀詞練習（一般輕讀詞的輕讀音節，注音前加圓點作標記）

誰也不**知道**是**什麼時候**留在**這裏的**	zhī·dào 知道 shénme 什麼 shíhou 時候 zhè ·lǐ 這裏
門前攤**了**麥**子**	mài zi 麥子
奶奶總是說	nǎinai 奶奶
我們這些做**孩子的**，也討厭**起**它**來**	wǒmen 我們 hái zi 孩子 tǎoyàn ·qǐ 討厭起 tā ·lái 它來
村子裏來**了**一個天文學家	cūn zi ·lǐ 村子裏
突然發現**了**這塊**石頭**	shítou 石頭
從天**上**落下**來已經**有二三百年**了**	tiān·shàng 天上 luòxià·lái 落下來 yǐ·jīng 已經
是一件**了不起的東西**	liǎo·bù qǐ 了不起 dōngxi 東西

（三）多音字分辨

牛似的**模**樣	múyàng 模樣 / móxíng 模型
枝**蔓**上下	zhīmàn 枝蔓 / téngwàn 藤蔓

（四）四字詞

kèzì diāohuā 刻字 雕花	huànshā chuíbù 浣紗 捶布
xiǎoxīn-yìyì 小心翼翼	yòu guài yòu chǒu 又 怪 又 醜

❸ 發音分辨

（一）翹舌音、平舌音、舌面音聲母分辨（zh ch sh /z c s /j q x）

只是麥**收時節**，門**前**攤了麥子	zhǐshì 只是 màishōu 麥收 shíjié 時節 mén qián 門 前
奶奶**總是說**：**這**塊**醜石**，多**佔**地面呀，**抽**空把它搬**走**吧	zǒngshì 總是 shuō 說 zhè 這 chǒu 醜 shí 石 zhàn 佔 chōukòng 抽空 bānzǒu 搬走
花兒也不**再在**它**身**邊**生長**	zài 再 zài 在 shēnbiān 身邊 shēngzhǎng 生長
雖時時咒罵它，**嫌棄**它	suī 雖 shíshí 時時 zhòumà 咒罵 xiánqì 嫌棄
這使我們都很**驚奇**	zhè 這 shǐ 使 jīngqí 驚奇

（二）前鼻韻母、後鼻韻母分辨（-n /-ng）

我**常常**遺**憾**我家**門前**的那塊醜石	chángcháng 常常　yíhàn 遺憾　mén qián 門 前
它不**像漢**白玉那**樣**的細膩	xiàng 像　hànbáiyù 漢白玉　nàyàng 那樣
荒草**便繁衍**出來，枝**蔓上**下，**慢慢**地	huāngcǎo 荒草　biàn 便　fányǎn 繁衍　zhīmàn 枝蔓　shàngxià 上 下　mànmàn 慢慢
突**然**發**現**了這塊石頭，**眼光**立即就拉直了	tūrán 突然　fāxiàn 發現　yǎnguāng 眼光

（三）n 聲母、l 聲母分辨

牛似的模樣；誰也不知道是什麼時候**留**在這**裏**的，誰也不去**理**會它	niú 牛　liú 留　zhè·lǐ 這裏　lǐhuì 理會
也不像大青石**那**樣的光滑	nàyàng 那樣
它竟鏽上**了綠**苔、黑斑	lǜtái 綠苔
他再沒有**離**開，就住**了**下**來**	líkāi 離開　zhùle 住了　xià·lái 下來

（四）一字聲調練習（按照實際讀出的聲調注音）

終有**一**日，村子裏來了**一**個天文學家	yí rì 一 日　yí gè 一 個
都說這是**一**塊隕石	yí kuài 一 塊
是**一**件了不起的東西	yí jiàn 一 件
一躺就是幾百年了	yì tǎng 一 躺

（五）不字聲調練習（按照實際讀出的聲調注音）

誰也**不**知道是什麼時候留在這裏的	bù zhī·dào 不 知道
誰也**不**去理會它	bú qù 不 去
它**不**像漢白玉那樣的細膩	bú xiàng 不 像
花兒也**不**再在它身邊生長	búzài 不再
但力氣又**不**足	bùzú 不足
是一件了**不**起的東西	liǎo·bùqǐ 了不起
不久便來了車	bùjiǔ 不久

作品 4 號《達瑞的故事》

1 重點句、段練習

參考句中停頓的提示，把握朗讀時的流暢度

（1）
Zài Dáruì bā suì de shíhou yǒu yì tiān tā xiǎng qù kàn diànyǐng Yīn·wèi
在 達瑞 八 歲 的 時候，有 一 天/他 想 去 看 電影。因為
méi·yǒu qián tā xiǎng shì xiàng bà mā yào qián háishì zìjǐ zhèngqián
沒有 錢，他 想/是 向 爸 媽 要 錢，還是 自己 掙錢 。

（2）
Tā ǒurán yǒu yí gè hé fēicháng chénggōng de shāngrén tánhuà de jī·huì
他 偶然/有 一 個/和 非常 成功 的 商人 /談話 的 機會。
Dāng tā duì shāngrén jiǎngshùle zìjǐ de pòchǎnshǐ hòu shāngrén gěile
當 他 對 商人 / 講述了 自己 的“破產史”後， 商人 /給了
tā liǎng gè zhòngyào de jiànyì yī shì chángshì wèi bié·rén jiějué yí gè
他 兩 個 重要 的 建議：一 是/ 嘗試 為 別人 /解決 一 個
nántí èr shì bǎ jīnglì jízhōng zài nǐ zhī·dào de nǐ huì de hé nǐ
難題；二 是/把 精力/ 集中 在/你 知道 的、你 會 的/和 你
yōngyǒu de dōngxi ·shàng
擁有 的 東西 上 。

（3）
Yì tiān chī zǎofàn shí fù·qīn ràng Dáruì qù qǔ bàozhǐ Měiguó de
一 天，吃 早飯 時/父親/ 讓 達瑞/去 取 報紙。 美國 的
sòngbàoyuán zǒngshì bǎ bàozhǐ cóng huāyuán líba de yí gè tèzhì de
送報員 / 總是 把 報紙 / 從 花園 籬笆 的/一 個 特製 的/
guǎnzi ·lǐ sāi jìn·lái
管子 裏/塞 進來。

❷ 詞語練習

（一）難讀字詞認記

在**達瑞**八歲的時候	Dárul 達瑞
他**偶然**有一個和非常成功的商人談話的機會	ǒurán 偶然
嘗試為別人解決一個難題	chángshì 嘗試
你**擁有**的東西	yōngyǒu 擁有

（二）必讀輕聲詞、一般輕讀詞練習（一般輕讀詞的輕讀音節，注音前加圓點作標記）

因為沒有錢	yīn·wèi méi·yǒu 因為 沒有
他的**爸爸**和**媽媽**	bàba māma 爸爸 媽媽
嘗試為**別人**解決一個難題	bié·rén 別人
把精力集中在你**知道**的、你會的和你擁有的**東西**上	zhī·dào dōngxi 知道 東西
吃早飯時**父親**讓達瑞去取報紙	fù·qīn 父親
從花園**籬笆**的一個特製的管子裏塞進來	líba 籬笆
雖然路短，但十分**麻煩**	máfan 麻煩
一個**主意**誕生了	zhǔyi 主意
當天他就按響**鄰居**的門鈴	lín·jū 鄰居
他就每天**早上**把報紙塞到**他們**的房門**底下**	zǎoshang tāmen dǐ·xià 早上 他們 底下

（三）多音字分辨

他自己**調**製了一種汽水	tiáozhì 調製 / diàochá 調查
從花園籬笆的一個特製的管子裏**塞**進來	sāi jìn·lái 塞 進來 / bìsè 閉塞 / sàiwài 塞外

（四）四字詞

dàjiē xiǎoxiàng 大街 小巷	shūshū-fúfú 舒舒服服

❸ 發音分辨

（一）翹舌音、平舌音、舌面音聲母分辨（zh ch sh /z c s / j q x）

他**想是向**爸媽要**錢**，還**是自己掙錢**	xiǎng shì 想 是 xiàng 向 yào qián 要 錢 zìjǐ 自己 zhèngqián 掙錢
最後他**選擇**了後**者**	zuìhòu 最後 xuǎnzé 選擇 hòuzhě 後者
於**是**他**穿**過大**街小巷**，不停地**思**考	chuānguo 穿過 dàjiē 大街 xiǎoxiàng 小巷 sīkǎo 思考
吃早飯**時**父**親**讓達瑞**去取**報**紙**	chī 吃 zǎofàn 早飯 shí 時 fù·qīn 父親 qù 去 qǔ 取 bàozhǐ 報紙

（二）前鼻韻母、後鼻韻母分辨（-n /-ng）

可那時**正**是**寒冷**的**冬天**	zhèngshì 正是　hánlěng 寒冷　dōngtiān 冬天
他偶**然**有一個和非**常成功**的**商人談**話的機會	ǒurán 偶然　fēicháng 非常　chénggōng 成功 shāngrén 商人　tánhuà 談話
這**兩**個**建**議**很關鍵**	liǎng gè 兩 個　jiànyì 建議　hěn 很 guānjiàn 關鍵

（三）n 聲母、l 聲母分辨

為別人解決一個**難**題	nántí 難題
就必須離開溫**暖**的房間	wēnnuǎn 溫暖
當天他就按響**鄰**居的門**鈴**	lín·jū 鄰居　ménlíng 門鈴

（四）一字聲調練習（按照實際讀出的聲調注音）

有**一**天他想去看電影	yì tiān 一 天
他自己調製了**一**種汽水	yì zhǒng 一 種
一是嘗試為別人解決**一**個難題	yī shì 一 是（序數讀原調）　yí gè 一 個
每個月只需付給他**一**美元	yì měiyuán 一 美元

（五）不字聲調練習（按照實際讀出的聲調注音）

他**不**會做的事情很多	bú huì 不 會

作品 5 號《第一場雪》

❶ 重點句、段練習

參考句中停頓的提示，把握朗讀時的流暢度

（1）
Xuě fēnfēn-yángyáng xià de hěn dà Kāishǐ hái bànzhe yízhènr xiǎoyǔ
雪 / 紛紛揚揚 ，下 得 很 大。開始 / 還 伴着 一陣兒 小雨 ，
bùjiǔ jiù zhǐ jiàn dàpiàn dàpiàn de xuěhuā cóng tóngyún-mìbù de tiānkōng
不久 / 就 只 見 / 大片 大片 的 雪花 ， 從 彤雲密佈 的 天空
zhōng piāoluò xià·lái
中 / 飄落 下來。

（2）
Luòguāngle yèzi de liǔshù ·shàng guàmǎnle máoróngróng liàngjīngjīng de
落光了 葉子 的 柳樹 上 / 掛滿了 毛茸茸 / 亮晶晶 的
yíntiáor ér nàxiē dōng-xià chángqīng de sōngshù hé bǎishù ·shàng zé
銀條兒；而 那些 / 冬夏 常青 的 松樹 和 柏樹 上 ，則
guàmǎnle péngsōngsōng chéndiàndiàn de xuěqiúr
掛滿了 / 蓬鬆鬆 / 沉甸甸 的 雪球兒。

（3）
Měilì de yíntiáor hé xuěqiúr sùsù de luò xià·lái yùxiè shìde xuěmòr
美麗 的 銀條兒 / 和 雪球兒 / 簌簌 地 落 下來，玉屑 似的 雪末兒
suí fēng piāoyáng yìngzhe qīngchén de yángguāng xiǎnchū yí dàodào
/ 隨 風 飄揚 ，映着 / 清晨 的 陽光 ， 顯出 一 道道 /
wǔguāng-shísè de cǎihóng
五光十色 的 彩虹 。

② 詞語練習

（一）難讀字詞認記

樹木的**枯枝**被雪壓斷了，**偶爾**咯吱一聲響	kūzhī　ǒu'ěr 枯枝　偶爾
簌簌地落下來	sùsù 簌簌
映着清晨的陽光	yìngzhe 映着
在**雪地**裏堆雪人，**擲**雪球兒	xuědì　zhì 雪地　擲
融化了的水滲進土層深處	rónghuà 融化

（二）必讀輕聲詞、一般輕讀詞練習（一般輕讀詞的輕讀音節，注音前加圓點作標記）

今天**早晨**，天放晴**了**，**太陽**出**來了**	zǎo·chén　tài·yáng　chū·lái 早晨　太陽　出來
樹枝輕輕**地搖晃**	yáo·huàng 搖晃
一群群**孩子**在雪地裏堆雪人	háizi 孩子
可以凍死一**部分**越冬**的**害蟲	bùfen 部分

（三）兒化詞練習

還伴着**一陣兒**小雨	yízhènr 一陣兒
地面上**一會兒**就白了	yíhuìr 一會兒
美麗的**銀條兒**和**雪球兒**	yíntiáor　xuěqiúr 銀條兒　雪球兒
玉屑似的**雪末兒**	xuěmòr 雪末兒

（四）多音字分辨

第一**場**雪	dì-yī cháng xuě yì chǎng biǎoyǎn 第一 場 雪 / 一 場 表演
松樹和**柏**樹	bǎishù Bólín 柏樹 / 柏林
輕輕地搖**晃**	yáo·huàng huǎngyǎn 搖晃 / 晃眼
玉屑**似**的	shìde sìhū 似的 / 似乎

（五）俗語、四字詞

tóngyún-mìbù 彤雲密佈	wànlài-jùjì 萬籟俱寂
fěnzhuāng-yùqì 粉妝玉砌	dōng-xià chángqīng 冬夏 常青
suí fēng piāoyáng 隨 風 飄揚	wǔguāng-shísè 五光十色
Ruìxuě zhào fēngnián 瑞雪 兆 豐年	

❸ 發音分辨

（一）翹舌音、平舌音、舌面音聲母分辨（zh ch sh /z c s /j q x）

膠東半島**上**第一**場雪**	Jiāodōng dì-yī cháng xuě 膠東 第一 場 雪
全都**罩上**了一**層**厚厚的**雪**	quán zhào·shàng yì céng 全 罩上 一 層
街上的**積雪足**有一**尺**多**深**	jiē·shàng jīxuě zú yì chǐ shēn 街上 積雪 足 一 尺 深
這個話有**充**分的科**學**根**據**	zhège chōngfèn kēxué gēnjù 這個 充分 科學 根據
融化了的**水滲進**土**層深處**	shuǐ shènjìn tǔcéng shēnchù 水 滲進 土層 深處

（二）前鼻韻母、後鼻韻母分辨（-n /-ng）

雪**紛紛揚揚**，下得**很**大	fēnfēn-yángyáng hěn 紛紛揚揚 很
樹枝**輕輕**地搖**晃**	qīngqīng yáo·huàng 輕輕 搖晃
毛**茸茸亮晶晶**的**銀**條兒	máoróngróng liàngjīngjīng yíntiáor 毛茸茸 亮晶晶 銀條兒
映着**清晨**的**陽光**	yìng qīngchén yángguāng 映 清晨 陽光

（三）n 聲母、l 聲母分辨

那歡**樂**的叫喊聲	nà huānlè 那 歡樂
把樹枝上的雪都震**落**下**來了**	zhènluò xià·lái le 震落 下來 了
瑞雪兆豐**年**	fēngnián 豐年

（四）一字聲調練習（按照實際讀出的聲調注音）

這是入冬以來，膠東半島上第**一**場雪	dì-yī cháng 第一 場（序數讀原調）
大雪整整下了**一**夜	yí yè 一 夜
推開門**一**看	yí kàn 一 看
全都罩上了**一**層厚厚的雪	yì céng 一 層
一陣風吹來	yí zhèn 一 陣
大街上的積雪足有**一**尺多深	yì chǐ 一 尺
顯出**一**道道五光十色的彩虹	yí dàodào 一 道道
一群群孩子在雪地裏堆雪人	yì qúnqún 一 群群
我相信這**一**場十分及時的大雪	yì cháng 一 場

可以凍死**一**部分越冬的害蟲	yí bùfen 一 部分
偶爾咯吱**一**聲響	yì shēng 一 聲

（五）不字聲調練習（按照實際讀出的聲調注音）

不久就只見大片大片的雪花	bùjiǔ 不久
並**不**是一句迷信的成語	bú shì 不 是

作品 6 號《讀書人是幸福人》

1 重點句、段練習

參考句中停頓的提示，把握朗讀時的流暢度

（1）Wǒ cháng xiǎng dúshūrén shì shìjiān xìngfú rén yīn·wèi tā chúle yōngyǒu
我 常 想 / 讀書人 是 世間 幸福 人，因為 / 他 除了 擁有
xiànshí de shìjiè zhīwài hái yōngyǒu lìng yí gè gèng wéi hàohàn yě gèng
現實 的 世界 之外，還 擁有 / 另 一 個 / 更 為 浩瀚 / 也 更
wéi fēngfù de shìjiè
為 豐富 的 世界。

（2）Yí gè rén de yìshēng zhǐnéng jīnglì zìjǐ yōngyǒu de nà yí fèn xīnyuè
一 個 人 的 一生 ， 只能 經歷 / 自己 擁有 的 / 那 一 份 欣悅 ，
nà yí fèn kǔnàn yěxǔ zài jiā·shàng tā qīnzì wén zhī de nà yìxiē guānyú
那 一 份 苦難，也許 / 再 加上 / 他 親自 聞 知 的 / 那 一些 關於
zìshēn yǐwài de jīnglì hé jīngyàn
自身 以外 的 / 經歷 和 經驗 。

（3）Rénmen cóng dúshū xué zuò rén cóng nàxiē wǎngzhé xiānxián yǐjí
人們 / 從 讀書 學 做 人， 從 那些 / 往哲 先賢 / 以及
dāngdài cáijùn de zhùshù zhōng xuédé tāmen de réngé
當代 才俊 的 著述 中 / 學得 他們 的 人格。

❷ 詞語練習

（一）難讀字詞認記

擁有另一個更為**浩瀚**也更為豐富的世界	yōngyǒu 擁有　hàohàn 浩瀚
他們的**喪失**是不可**補償**的	sàngshī 喪失　bǔcháng 補償
一個人的一生，只能經歷自己擁有的那一份**欣悅**	xīnyuè 欣悅
還在於精神的**感化**與**陶冶**	gǎnhuà 感化　táoyě 陶冶

（二）必讀輕聲詞、一般輕讀詞練習（一般輕讀詞的輕讀音節，注音前加圓點作標記）

因為他除了擁有現實**的**世界之外	yīn·wèi 因為
那些失去或不能閱讀**的**人是**多麼的**不幸	duōme 多麼
再加**上**他親自聞知**的**那一些	jiā·shàng 加上
讀書加惠於**人們**的不僅是**知識的**增廣	rénmen 人們　zhīshi 知識

（三）多音字分辨

人們從《**論**語》中學得智慧的思考	Lúnyǔ 論語 / lǐlùn 理論

（四）四字詞

cǎo-mù-chóng-yú 草木蟲魚	shàngsù yuǎngǔ 上溯　遠古
xià jí wèilái 下 及 未來	qífēng-yìsú 奇風異俗
wǎngzhé xiānxián 往哲　先賢	dāngdài cáijùn 當代　才俊

❸ 發音分辨

（一）翹舌音、平舌音、舌面音聲母分辨（zh ch sh / z c s / j q x）

我**常想讀書**人**是世間幸**福人	cháng xiǎng dúshū shì 常 想 讀書 是 shìjiān xìngfú 世間 幸福
現實的**世界是**人人都有的	xiànshí shìjiè 現實 世界
關於**自身**以外的**經**歷和**經驗**	zìshēn jīngyàn 自身 經驗
無**形間**獲得了**超**越有**限生**命的無**限**可能**性**	wúxíng jiān chāoyuè yǒuxiàn 無形 間 超越 有限 shēngmìng kěnéngxìng 生命 可能性
從那**些**往**哲先賢**以及當代**才俊**的**著述中學**得他們的人格	cóng nàxiē wǎngzhé xiānxián 從 那些 往哲 先賢 cáijùn zhùshùzhōng xué dé 才俊 著述 中 學得
從《**史記**》**中學**得嚴**肅**的歷**史精神**	Shǐjì zhōng yánsù lìshǐ jīngshén 史記 中 嚴肅 歷史 精神

（二）前鼻韻母、後鼻韻母分辨（-n / -ng）

更為浩**瀚**也**更**為**豐**富的世界	gèng hàohàn fēngfù 更 浩瀚 豐富
他**們**的**喪**失是不可補**償**的	tāmen sàngshī bǔcháng 他們 喪失 補償
只**能經**歷自己**擁**有的那一**份欣**悦	zhǐnéng jīnglì yōngyǒu 只能 經歷 擁有 yífèn xīnyuè 一份 欣悦
不**僅**是知識的**增廣**	bùjǐn zēngguǎng 不僅 增廣
從《**正**氣歌》**中**學得**人**格的**剛**烈	cóng Zhèngqìgē réngé gāngliè 從 正氣歌 人格 剛烈

（三）n 聲母、l 聲母分辨

權**力**的不平等	quánlì 權力
那一份苦**難**	nà　kǔnàn 那　苦難
具有閱讀**能力**的人	nénglì 能力

（四）一字聲調練習（按照實際讀出的聲調注音）

一個人的**一**生	yí　gè　yìshēng 一 個　一生
只能經歷自己擁有的那**一**份欣悅	yí　fèn 一 份
那**一**些關於自身以外的經歷	yìxiē 一些

（五）不字聲調練習（按照實際讀出的聲調注音）

多麼的**不**幸	búxìng 不幸
財富的**不**平等	bù　píngděng 不　平等
閱讀**不**僅使他多識了草木蟲魚之名	bùjǐn 不僅

作品 7 號《二十美金的價值》

1 重點句、段練習

參考句中停頓的提示，把握朗讀時的流暢度

（1） Yì tiān bàba xiàbān huídào jiā yǐ·jīng hěn wǎn le tā hěn lèi yě yǒu diǎnr
一天，爸爸 下班 回到 家/已經 很 晚 了，他 很 累/也 有 點兒
fán tā fāxiàn wǔ suì de érzi kào zài mén páng zhèng děngzhe tā
煩，他 發現 五歲 的 兒子/靠 在 門 旁 / 正 等着 他。

（2） Rúguǒ nǐ zhǐshì yào jiè qián qù mǎi háowú yìyì de wánjù de huà gěi wǒ
如果 你 只是 要 借 錢 /去 買 毫無 意義 的 玩具 的 話，給 我
huídào nǐ de fángjiān shuìjiào ·qù Hǎohǎo xiǎngxiang wèishénme nǐ huì
回到 你 的 房間 / 睡覺 去。 好好 想想 為什麼 /你 會
nàme zìsī
那麼 自私。

（3） Háizi gāoxìng de cóng zhěntou ·xià náchū yìxiē bèi nòngzhòu de chāopiào
孩子 高興 地/ 從 枕頭 下/拿出 一些/被 弄皺 的 鈔票 ，
mànmàn de shǔzhe
慢慢 地 數着 。

② 詞語練習

(一) 難讀字詞認記

您一小時可以**賺**多少錢	zhuàn 賺
小孩兒**哀求**道	āiqiú 哀求
借錢去買毫無意義的**玩具**	wánjù 玩具
他可能對孩子**太兇**了	tài xiōng 太 兇

(二) 必讀輕聲詞、一般輕讀詞練習（一般輕讀詞的輕讀音節，注音前加圓點作標記）

您一小時可以賺**多少**錢	duō·shǎo 多少
只是想**知道**，請**告訴**我	zhī·dào gàosu 知道 告訴
或許**孩子**真**的**很想買**什麼東西**	háizi shénme dōngxi 孩子 什麼 東西
爸，還**沒有**，我還醒**着**	méi·yǒu 沒有
父親説，我不應該發**那麼**大**的**火兒	fù·qīn nàme 父親 那麼
孩子高興**地**從**枕頭**下拿出一些被弄皺**的**鈔票	zhěntou 枕頭
為什麼你**已經**有錢**了**還要	wèishénme yǐ·jīng 為什麼 已經

(三) 兒化詞練習

沒時間和你**玩兒**小孩子的遊戲	wánr 玩兒
小孩兒默默地回到自己的房間	xiǎoháir 小孩兒
我不應該發那麼大的**火兒**	huǒr 火兒

（四）多音字分辨

被**弄**皺的鈔票	nòngzhòu 弄皺 / lòngtáng 弄堂

❸ 發音分辨

（一）翹舌音、平舌音、舌面音聲母分辨（zh ch sh / z c s / j q x）

您一**小時**可以**賺**多**少錢**	xiǎoshí 小時　zhuàn 賺　duō·shǎo 多少　qián 錢
父**親生氣**地**說**	fù·qīn 父親　shēngqì 生氣　shuō 說
可以**借**我**十**美**金**嗎	jiè 借　shí 十　měijīn 美金
好好**想想**為**什**麼你會那麼**自私**	xiǎngxiang 想想　wèishénme 為什麼　zìsī 自私
我每天**辛**苦工**作**	xīnkǔ 辛苦　gōngzuò 工作
沒**時間**和你玩兒**小**孩**子**的遊**戲**	shíjiān 時間　xiǎoháizi 小孩子　yóuxì 遊戲
心想他可能對孩**子**太**兇**了	xīnxiǎng 心想　tài 太　xiōng 兇
現在湊夠了	xiànzài 現在　còugòu 湊夠

（二）前鼻韻母、後鼻韻母分辨（-n / -ng）

爸爸下**班**回到家已**經很晚**了	xiàbān 下班　yí·jīng 已經　hěn 很　wǎn 晚
他發**現**五歲的兒子靠在**門旁正等**着他	fāxiàn 發現　mén 門　páng 旁　zhèng 正　děngzhe 等着
什麼**問**題	shénme 什麼　wèntí 問題
父**親**走**進**孩子的**房間**	fù·qīn 父親　zǒujìn 走進　fángjiān 房間

（三）n 聲母、l 聲母分辨

很**累**也有點兒煩	hěn lèi 很 累
父親發**怒了**	fānù le 發怒 了
他平靜下**來了**	xià·lái le 下來 了
拿出一些被**弄**皺的鈔票	náchū nòngzhòu 拿出 弄皺

（四）一字聲調練習（按照實際讀出的聲調注音）

問您**一**個問題	yí gè 一 個
您**一**小時賺多少錢	yì xiǎoshí 一 小時
假如你**一**定要知道的話	yídìng 一定
拿出**一**些被弄皺的鈔票	yìxiē 一些

（五）不字聲調練習（按照實際讀出的聲調注音）

我**不**應該發那麼大的火兒	bù yīnggāi 不 應該
父親**不**解地問	bùjiě 不解

作品 8 號《繁星》

① 重點句、段練習

參考句中停頓的提示，把握朗讀時的流暢度

（1）Wǒ ài yuèyè dàn wǒ yě ài xīngtiān Cóngqián zài jiāxiāng qī-bāyuè
我 愛 月夜，但 / 我 也 愛 星天 。 從前 / 在 家鄉 / 七八月
de yèwǎn zài tíngyuàn ·lǐ nàliáng de shíhou wǒ zuì ài kàn tiān·shàng
的 夜晚 / 在 庭院 裏 納涼 的 時候 ，我 最 愛 看 / 天上 /
mìmì-mámá de fánxīng
密密麻麻 的 繁星 。

（2）Wǒ tǎng zài cāngmiàn ·shàng yǎngwàng tiānkōng Shēnlánsè de tiānkōng ·lǐ
我 躺 在 艙面 上 ， 仰望 天空 。深藍色 的 天空 裏
xuánzhe wúshù bànmíng-bànmèi de xīng
/ 懸着 無數 / 半明半昧 的 星 。

（3）Wǒ hǎoxiàng kàn·jiàn wúshù yínghuǒchóng zài wǒ de zhōuwéi fēiwǔ
我 好像 看見 / 無數 螢火蟲 / 在 我 的 周圍 飛舞。

（4）Yǒu yí yè nàge zài Gēlúnbō shàng chuán de Yīngguórén zhǐ gěi wǒ kàn
有 一 夜，那個 / 在 哥倫波 上 船 的 英國人 / 指 給 我 看 /
tiān·shàng de jùrén
天上 的 巨人。

❷ 詞語練習

（一）難讀字詞認記

彷彿回到了母親的懷裏似的	fǎngfú 彷彿
星光在我們的**肉眼**裏雖然微小	ròuyǎn 肉眼
深藍色的天空裏**懸着**無數半明半昧的星	xuánzhe 懸着
海上的夜是**柔和**的	róuhé 柔和
在星的**懷抱**中我**微笑**着，我**沉睡**着	huáibào 懷抱　wēixiào 微笑　chénshuì 沉睡

（二）必讀輕聲詞、一般輕讀詞練習（一般輕讀詞的輕讀音節，注音前加圓點作標記）

在庭院**裏**納涼**的時候**	tíngyuàn 庭院　·lǐ 裏　shíhou 時候
那時候我正在讀一些天文學**的**書	nà 那　shíhou 時候
好像**它們**就是我**的朋友**	tāmen 它們　péngyou 朋友
漸漸**地**我**的眼睛模糊了**	yǎnjing 眼睛　móhu 模糊
我望**着**許多**認識的**星，我彷彿**看見它們**在對我眨眼，我彷彿**聽見它們**在小聲説話	rènshi 認識　kàn·jiàn 看見 tīng·jiàn 聽見
我**覺得**自己是一個**小孩子**，現在睡在**母親的**懷**裏了**	jué·dé 覺得　xiǎoháizi 小孩子 mǔ·qīn 母親　huái 懷　·lǐ 裏
我果然看**清楚**了那個天**上的**巨人	qīngchu 清楚　tiān·shàng 天上

（三）多音字分辨

彷彿回到了母親的懷裏**似**的	shìde 似的 / sìhū 似乎
漸漸地我的眼睛**模**糊了	móhu 模糊 / múyàng 模樣
無**數**螢火蟲	wúshù 無數 / shǔ·bùqīng 數不清

（四）四字詞

mìmì-mámá 密密麻麻	xīngqún mìbù 星群 密佈
yáoyáo-yùzhuì 搖搖欲墜	bànmíng-bànmèi 半明半昧

（五）人名、專名

Gēlúnbō 哥倫波

❸ 發音分辨

（一）翹舌音、平舌音、舌面音聲母分辨（zh ch sh /z c s /j q x）

從前在**家鄉**七八月的夜晚	cóngqián 從前　jiāxiāng 家鄉
那**時**候我**正在**讀一**些**天文**學**的**書**	shíhou 時候　zhèngzài 正在　yìxiē 一些　tiānwénxué 天文學　shū 書
深藍**色**的天空裏**懸着**無**數**半明半昧的**星**	shēnlánsè 深藍色　xuánzhe 懸着　wúshù 無數　xīng 星
海**上**的夜是柔和的，是**靜寂**的	hǎi·shàng 海上　jìngjì 靜寂
我彷彿聽**見**它們在**小聲說**話	tīng·jiàn 聽見　xiǎoshēng 小聲　shuōhuà 說話

（二）前鼻韻母、後鼻韻母分辨（-n /-ng）

星光在**我們**的**肉眼**裏**雖然**微小	xīngguāng 星光　wǒmen 我們　ròuyǎn 肉眼　suīrán 雖然
好**像**它**們**就是我的**朋**友，它**們常常**在和我**談**話一**樣**	hǎoxiàng 好像　péngyou 朋友　chángcháng 常常　tánhuà 談話　yíyàng 一樣
我**躺**在**艙面上**，**仰望天空**	tǎng 躺　cāngmiàn 艙面　·shàng 上　yǎngwàng 仰望　tiānkōng 天空
我**彷**彿**看見**它**們**在對我眨**眼**	fǎngfú 彷彿　kàn·jiàn 看見　zhǎyǎn 眨眼

（三）n 聲母、l 聲母分辨

夜晚在庭院**裏納涼**的時候	tíngyuàn ·lǐ 庭院 裏　nàliáng 納涼
三**年**前在**南**京我住的地方有一道後門	sān nián 三 年　Nánjīng 南京
深**藍**色的天空**裏**	shēnlánsè 深藍色

（四）一字聲調練習（按照實際讀出的聲調注音）

我就會忘記**一**切	yíqiè 一切
下面是**一**片菜園	yí piàn 一 片
也認得**一**些星星	yìxiē 一些
它們常常在和我談話**一**樣	yíyàng 一樣
有一夜	yí yè 一 夜

（五）不字聲調練習（按照實際讀出的聲調注音）

然而它使我們覺得光明無處**不**在	wúchù-búzài 無處不在

作品 9 號《風箏暢想曲》

1 重點句、段練習

參考句中停頓的提示，把握朗讀時的流暢度

(1) Háizi tóng fēngzheng dōu zài tiān yǔ dì zhījiān yōudàng lián xīn yě bèi
孩子同風箏/都在天與地之間/悠蕩，連心/也被
yōudàng de huǎnghuǎng-hūhū le hǎoxiàng yòu huídàole tóngnián
悠蕩得/恍恍惚惚了，好像/又回到了童年。

(2) Tā zā de fēngzheng bùzhǐ tǐxíng hǎokàn sècǎi yànlì fàng fēi de gāo
他紮的風箏/不只體型好看，色彩豔麗，放飛得高
yuǎn hái zài fēngzheng ·shàng bēng yí yè yòng púwěi xiāochéng de
遠，還在風箏上/綳一葉/用蒲葦削成的
mópiàn jīng fēng yì chuī fāchū wēngwēng de shēngxiǎng fǎngfú shì
膜片，經風一吹，發出“嗡嗡”的聲響，彷彿/是
fēngzheng de gēchàng
風箏的歌唱，……

(3) Wǒmen nà tiáo hútòngr de zuǒlín-yòushè de háizimen fàng de fēngzheng
我們那條胡同的/左鄰右舍的孩子們放的風箏/
jīhū dōu shì shūshu biānzā de
幾乎都是叔叔編紮的。

❷ 詞語練習

（一）難讀字詞認記

兒時放的風箏，大多是自己的長輩或家人**編紮**的	biānzā 編紮
用彩筆**勾勒**出面孔與**翅膀**的圖案	gōulè　chìbǎng 勾勒　翅膀
我們家**前院**	qiányuàn 前院
在風箏上**繃**一葉用**蒲葦**削成的**膜片**	bēng　púwěi　mópiàn 繃　蒲葦　膜片
給開闊的天地增添了無盡的**韻味**，給**馳蕩**的童心帶來幾分瘋狂	yùnwèi　chídàng 韻味　馳蕩

（二）必讀輕聲詞、一般輕讀詞練習（一般輕讀詞的輕讀音節，注音前加圓點作標記）

假日到河灘**上轉轉**	hétān　·shàng　zhuànzhuan 河灘　上　轉轉
我們那條胡同**的**左鄰右舍**的孩子們**	wǒmen　háizimen 我們　孩子們
放**的風箏**幾乎都是**叔叔**編紮**的**	fēngzheng　shūshu 風箏　叔叔

（三）兒化詞練習

通常紮得最多的是“老鷹”“**美人兒**”“花蝴蝶”等	měirénr 美人兒
那**線頭兒**一直在故鄉和親人手中牽着	xiàntóur 線頭兒

（四）多音字分辨

一頭**繫**在天上，一頭**繫**在地上	jì zài 繫在 / liánxì 聯繫
幾根**削**得很**薄**的篾，用細紗線**紮**成各種鳥獸的造型	xiāo de 削得 / bōxuē 剝削 hěn báo 很薄 / bóhòu 薄厚 zāchéng 紮成 / zhùzhā 駐紮
孩子們放的風箏**幾**乎都是叔叔編紮的	jīhū 幾乎 / jǐfēn 幾分

（五）四字詞

huǎnghuǎng-hūhū 恍恍惚惚	yuǎn-jìn wénmíng 遠近 聞名
sècǎi yànlì 色彩 豔麗	zuǒlín-yòushè 左鄰右舍
piāodàng yóuyì 飄蕩 遊弋	jīng mù fēngyǔ 經 沐 風雨

❸ 發音分辨

（一）翹舌音、平舌音、舌面音聲母分辨（zh ch sh / z c s / j q x）

用**細紗線紮成**各**種**鳥**獸**的**造型**	xì 細 shāxiàn 紗線 zāchéng 紮成 gè 各 zhǒng 種 niǎo 鳥 shòu 獸 zàoxíng 造型
糊**上雪**白的**紙**片	hú·shàng 糊上 xuěbái 雪白 zhǐpiàn 紙片
他樂意**自己**貼**錢**買**材**料	zìjǐ 自己 tiē 貼 qián 錢 cáiliào 材料
不過年年**叔叔**給**家鄉寫信**	shūshu 叔叔 jiāxiāng 家鄉 xiěxìn 寫信

（二）前鼻韻母、後鼻韻母分辨（-n /-ng）

擅紮**風箏**，**遠近聞名**	shàn 擅　fēngzheng 風箏　yuǎn-jìn 遠近　wénmíng 聞名
給馳**蕩**的**童心**帶來幾**分瘋狂**	chídàng 馳蕩　tóngxīn 童心　jǐ fēn 幾 分　fēngkuáng 瘋狂
儘管飄**蕩**遊弋，**經**沐**風**雨	jǐnguǎn 儘管　piāodàng 飄蕩　jīng mù 經 沐　fēngyǔ 風雨
經風一吹，發出“**嗡嗡**”的**聲響**	wēngwēng 嗡嗡　shēngxiǎng 聲響

（三）n 聲母、l 聲母分辨

連心也被悠蕩得恍恍惚惚**了**	lián 連
好像又回到**了**童**年**	tóngnián 童年
後**來**，這位叔叔去**了**海外	hòulái 後來
不過**年年**叔叔給家鄉寫信	niánnián 年年

（四）一字聲調練習（按照實際讀出的聲調注音）

一根根長長的引線	yìgēngēn 一根根
一頭繫在天上	yì tóur 一 頭
繃一葉用蒲葦削成的膜片	yí yè 一 葉
經風一吹	yì chuī 一 吹
可那線頭兒一直在故鄉	yìzhí 一直

（五）**不字聲調練習**（按照實際讀出的聲調注音）

不只體型好看	bùzhǐ 不只
他的風箏**不**賣錢	bú mài 不 賣
不過年年叔叔給家鄉寫信	búguò 不過

作品 10 號《父親的愛》

1 重點句、段練習

參考句中停頓的提示，把握朗讀時的流暢度

（1）
Bà bù dǒng·dé zěnyàng biǎodá ài shǐ wǒmen yì jiā rén róngqià xiāngchǔ
爸／不 懂得 怎樣 表達 愛，使 我們 一 家 人／融洽 相處
de shì wǒ mā Tā zhǐshì měi tiān shàngbān xiàbān ér mā zé bǎ wǒmen
的／是 我 媽。他 只是 每 天 上班 下班 ，而 媽／則 把 我們
zuòguo de cuòshì kāiliè qīngdān ránhòu yóu tā lái zémà wǒmen
做過 的 錯事／開列 清單 ，然後／由 他 來 責罵 我們 。

（2）
Wǒ zài yùndòngchǎng dǎ qiūqiān diēduànle tuǐ zài qiánwǎng yīyuàn túzhōng
我 在 運動場 打 鞦韆／ 跌斷了 腿，在 前往 醫院 途中
yìzhí bàozhe wǒ de shì wǒ mā Bà bǎ qìchē tíng zài jízhěnshì ménkǒu
／一直 抱着 我 的，是 我 媽。爸 把 汽車 停 在 急診室 門口 ，
tāmen jiào tā shǐkāi shuō nà kòngwèi shì liúgěi jǐnjí chēliàng tíngfàng
他們 叫 他 駛開 ， 說 那 空位 ／是 留給 緊急 車輛 停放
de
的。

（3）
Bǎ chāzhe làzhú de dàngāo tuī guò·lái ràng wǒ chuī de shì wǒ mā
把 插着 蠟燭 的 蛋糕／推 過來 讓 我 吹 的，是 我 媽。

❷ 詞語練習

（一）難讀字詞認記

由他來**責罵**我們	zémà 責罵
我願意替他拆箱卸貨作為**賠償**	péicháng 賠償
我在運動場打鞦韆**跌斷**了腿	diēduàn 跌斷
爸把汽車停在**急診室**門口	jízhěnshì 急診室
爸聽了便**叫嚷**道	jiàorǎng 叫嚷
我翻閱**照相冊**時	zhàoxiàngcè 照相冊
我**摔倒**之後，媽跑過來扶我	shuāidǎo 摔倒

（二）必讀輕聲詞、一般輕讀詞練習（一般輕讀詞的輕讀音節，注音前加圓點作標記）

爸不**懂得**怎樣表達愛	dǒng·dé 懂得
告訴賣糖**的**說是我**偷來的**	gàosu 告訴　tōu·lái 偷來
說我**願意**	yuàn·yì 願意
但媽媽卻**明白**我只是個**孩子**	míngbai 明白　háizi 孩子
人們總是問："你**爸爸**是**什麼樣子**的？"	rénmen 人們　bàba 爸爸　shénme 什麼　yàngzi 樣子
天**曉得**！他老是忙**着**替**別人**拍照	xiǎo·dé 曉得　bié·rén 別人

（三）多音字分辨

使我們一家人融洽相**處**	xiāngchǔ 相處 ／ chùsuǒ 處所
那**空**位是留給緊急車輛停放的	kòngwèi 空位 ／ kōnghuà 空話

在我生日會上，爸總是顯得有些不大相**稱**	xiāngchèn chēngzàn 相稱 / 稱讚
多得不可勝**數**	bùkě-shèngshǔ wúshù 不可勝數 / 無數
媽有一次叫他**教**我騎自行車	jiāo wǒ jiàoyù 教 我 / 教育

（四）四字詞

róngqià xiāngchǔ 融洽 相處	chāi xiāng xiè huò 拆 箱 卸 貨
xiàoróng-kějū 笑容可掬	bùkě-shèngshǔ 不可勝數

❸ 發音分辨

（一）翹舌音、平舌音、舌面音聲母分辨（zh ch sh /z c s /j q x）

使我們一**家**人融**洽相處**的**是**我媽	shǐ yì jiā rén róngqià xiāngchǔ 使 一 家 人 融洽 相處
而媽**則**把我們**做**過的**錯事**開列**清**單	zé zuòguo cuòshì qīngdān 則 做過 錯事 清單
說我願意替他**拆箱卸**貨**作**為賠**償**	shuō chāi xiāng xiè huò 說 拆 箱 卸 貨 zuòwéi péicháng 作為 賠償
我**在**運動**場**打**鞦韆**跌斷了腿	zài yùndòngchǎng qiūqiān 在 運動場 鞦韆
我馬**上**爬**上自行車**，而**且自己騎**給他看	mǎshàng zìxíngchē érqiě 馬上 自行車 而且 zìjǐ qí 自己 騎
決心要給他點兒顏**色**看	juéxīn yánsè 決心 顏色

（二）前鼻韻母、後鼻韻母分辨（-n /-ng）

他只是每天**上班下班**	shàngbān 上班　xiàbān 下班
説那**空**位是留給**緊**急車**輛停放**的	kòngwèi 空位　jǐnjí 緊急　chēliàng 車輛　tíngfàng 停放
我**當**時**生**氣極了	dāngshí 當時　shēngqì 生氣

（三）n 聲母、l 聲母分辨

把插着**蠟**燭的蛋糕推過**來**	làzhú 蠟燭　guò·lái 過來
他**老**是忙着替別人拍照	lǎoshi 老是
我**念**大學時	niàn 念

（四）一字聲調練習（按照實際讀出的聲調注音）

使我們**一**家人融洽相處	yì jiā 一 家
有**一**次我偷了**一**塊糖果	yí cì 一 次　yí kuài 一 塊
一直抱着我的，是我媽	yìzhí 一直
一起拍的照片	yìqǐ 一起

（五）不字聲調練習（按照實際讀出的聲調注音）

爸**不**懂得怎樣表達愛	bù dǒng·dé 不 懂得
不大相稱	búdà 不大
多得**不**可勝數	bùkě-shèngshǔ 不可勝數

作品 11 號《國家榮譽感》

1 重點句、段練習

參考句中停頓的提示，把握朗讀時的流暢度

（1） Shìjièbēi zěnme huì yǒu rúcǐ jùdà de xīyǐnlì Chúqù zúqiú běnshēn de
世界盃 / 怎麼 會 有 如此 巨大 的 吸引力？ 除去 足球 本身 的
mèilì zhīwài hái yǒu shénme chāohūqíshàng ér gèng wěidà de dōngxi
魅力 之外 ，還 有 什麼 / 超乎其上 / 而 更 偉大 的 東西？

（2） Zúqiú zhèngzài kuàisù shìjièhuà píngrì ·lǐ gè guó qiúyuán pínfán zhuǎn
足球 / 正在 快速 世界化 ，平日 裏 / 各 國 球員 頻繁 轉
huì wǎnglái suíyì zhìshǐ yuèláiyuèduō de guójiā liánsài dōu jùyǒu guójì de
會， 往來 隨意，致使 越來越多 的 國家 聯賽 / 都 具有 國際 的
yīnsù
因素。

（3） Zài měi yì chǎng bǐsài qián hái gāochàng guógē yǐ xuānshì duì zìjí zǔguó
在 每 一 場 比賽 前，還 / 高唱 國歌 以 宣誓 / 對 自己 祖國
de zhì'ài yǔ zhōngchéng Yì zhǒng xuèyuán qínggǎn kāishǐ zài quánshēn de
的 摯愛 與 忠誠 。一 種 血緣 情感 / 開始 在 全身 的
xuèguǎn ·lǐ ránshāo qǐ·lái érqiě lìkè rèxuè fèiténg
血管 裏 燃燒 起來，而且 / 立刻 / 熱血 沸騰 。

❷ 詞語練習

（一）難讀字詞認記

一個大問題一直**盤踞**在我腦袋裏	pánjù 盤踞
信息**快捷**	kuàijié 快捷
越來越多的國家**聯賽**都具有國際的因素	liánsài 聯賽
效力於自己的**俱樂部**	jùlèbù 俱樂部
唱國歌以**宣誓**對自己祖國的**摯愛**與**忠誠**	xuānshì 宣誓 zhì'ài 摯愛 zhōngchéng 忠誠
好**男兒**戎裝衛國	nán'ér 男兒

（二）必讀輕聲詞、一般輕讀詞練習（一般輕讀詞的輕讀音節，注音前加圓點作標記）

一個大問題一直盤踞在我腦袋**裏**	nǎodai ·lǐ 腦袋 裏
世界盃**怎麼**會有如此巨大**的**吸引力	zěnme 怎麼
還有**什麼**超乎其上而更偉大**的東西**	shénme 什麼 dōngxi 東西
國家**的**界限似乎也不**那麼**清晰**了**	nàme 那麼
他們比賽時**的**激情中完全**沒有**愛國主義**的**因子	méi·yǒu 沒有

（三）多音字分辨

從中得到了**答**案	dá'àn 答案 / dāying 答應
這國家概念就變得有**血**有肉	yǒu xiě yǒu ròu 有 血 有 肉 / xuèyuán 血緣 xuèguǎn 血管 rèxuè 熱血
一種**血**緣情感開始在全身的**血**管裏燃燒起來	
熱**血**沸騰	

國家的界限**似**乎也不那麼清晰了	sìhū shìde 似乎 / 似的
頻繁**轉**會	zhuǎn huì zhuànpán 轉 會 / 轉盤
每一**場**比賽	yì chǎng bǐsài yì cháng xuě 一 場 比賽 / 一 場 雪

（四）四字詞

chāohūqíshàng 超乎其上	wúshàng chónggāo 無上 崇高
xīn huái gùguó 心 懷 故國	kējì chāngdá 科技 昌達
róngzhuāng wèiguó 戎裝 衛國	rèxuè fèiténg 熱血 沸騰

3 發音分辨

（一）翹舌音、平舌音、舌面音聲母分辨（zh ch sh / z c s / j q x）

思念**家鄉**，**心**懷故國	sīniàn jiāxiāng xīn huái 思念 家鄉 心 懷
國**家**的**界限似**乎也不那麼**清晰**了	guójiā jièxiàn sìhū qīngxī 國家 界限 似乎 清晰
再說足球正在快**速世界**化	zàishuō zúqiú zhèngzài 再說 足球 正在 kuàisù shìjièhuà 快速 世界化
致使越來越多的國**家**聯**賽**都**具**有國**際**的因**素**	zhìshǐ guójiā liánsài jùyǒu 致使 國家 聯賽 具有 guójì yīnsù 國際 因素
穿上與光榮的國**旗**同樣**色彩**的服**裝**	chuān·shàng guóqí sècǎi 穿上 國旗 色彩 fúzhuāng 服裝

（二）前鼻韻母、後鼻韻母分辨（-n /-ng）

一種無**上崇**高的**精神情感**	yìzhǒng 一種　wúshàng 無上　chónggāo 崇高　jīngshén 精神　qínggǎn 情感
往往人到異國	wǎngwǎng 往往　rén 人
平日裏各國球**員頻繁轉**會	píngrì 平日　qiúyuán 球員　pínfán 頻繁　zhuǎn 轉　huì 會
他**們**比賽時的激**情中完全**沒有愛國主義的**因**子	tāmen 他們　jīqíng 激情　zhōng 中　wánquán 完全　yīnzǐ 因子

（三）n 聲母、l 聲母分辨

一個大問題一直盤踞在我**腦**袋**裏**	nǎodai 腦袋　·lǐ 裏
除去足球本身的魅**力**之外	mèilì 魅力
這國家概**念**就變得有血有肉	gàiniàn 概念
球員們不**論**國籍，只效力於自己的俱**樂**部	búlùn 不論　jùlèbù 俱樂部

（四）一字聲調練習（按照實際讀出的聲調注音）

一個大問題**一**直盤踞在我腦袋裏	yí 一　gè 個　yìzhí 一直
在每**一**場比賽前	yì 一　chǎng 場
一種血緣情感	yì 一　zhǒng 種

（五）不字聲調練習（按照實際讀出的聲調注音）

球員們**不**論國籍	búlùn 不論

作品 12 號《海濱仲夏夜》

❶ 重點句、段練習

參考句中停頓的提示，把握朗讀時的流暢度

（1）
Xīyáng luòshān bùjiǔ xīfāng de tiānkōng hái ránshāozhe yí piàn júhóngsè
夕陽 落山 不久，西方 的 天空 ，還 燃燒着 一 片 / 橘紅色
de wǎnxiá Dàhǎi yě bèi zhè xiáguāng rǎnchéngle hóngsè érqiě bǐ
的 晚霞 。大海，也 被 這 霞光 / 染成了 紅色 ，而且 / 比
tiānkōng de jǐngsè gèng yào zhuàngguān
天空 的 景色 / 更 要 壯觀 。

（2）
Zhěnggè guǎngmò de tiānmù ·shàng zhǐyǒu tā zài nà·lǐ fàngshèzhe lìng rén
整個 廣漠 的 天幕 上 / 只有 它 / 在 那裏 放射着 / 令 人
zhùmù de guānghuī huóxiàng yì zhǎn xuánguà zài gāokōng de míngdēng
注目 的 光輝 ，活像 一 盞 / 懸掛 在 高空 的 明燈 。

（3）
Ér chéngshì gè chù de zhēn de dēnghuǒ yě cìdì liàngle qǐ·lái yóuqí shì
而 城市 各 處 的 / 真 的 燈火 / 也 次第 亮了 起來，尤其 是 /
wéirào zài hǎigǎng zhōuwéi shānpō ·shàng de nà yí piàn dēngguāng
圍繞 在 海港 周圍 山坡 上 的 / 那 一 片 燈光 ，……

❷ 詞語練習

（一）難讀字詞認記

夕陽落山不久	xīyáng 夕陽
橘紅色的晚霞	júhóngsè 橘紅色
深紅的顏色變成了**緋紅**	fēihóng 緋紅
在這藍色的**天幕**上**閃爍**起來了	tiānmù　shǎnshuò 天幕　閃爍
懸掛在高空	xuánguà 懸掛
圍繞在海港周圍	wéirào 圍繞
踏着軟綿綿的沙灘	tàzhe　ruǎnmiánmián 踏着　軟綿綿
沿着海邊	yánzhe 沿着
輕輕地**撫摸**	fǔmō 撫摸

（二）必讀輕聲詞、一般輕讀詞練習（一般輕讀詞的輕讀音節，注音前加圓點作標記）

因為它是**活動**的	yīn·wèi　huó·dòng 因為　活動
而**後面的**一排，又閃爍**着**	hòu·miàn 後面
它是**那麼**大，**那麼**亮	nàme 那麼

（三）多音字分辨

倒映在烏藍的海面	dàoyìng　dǎotā 倒映 / 倒塌
晃動着，閃爍着	huàngdòng　huǎngyǎn 晃動 / 晃眼

（四）四字詞

huòhuò ránshāo 霍霍 燃燒	lìng rén zhùmù 令 人 注目
hùxiāng huīyìng 互相 輝映	shà shì hǎokàn 煞 是 好看

3 發音分辨

（一）翹舌音、平舌音、舌面音聲母分辨（zh ch sh / z c s / j q x）

簡直就像一片片霍霍燃**燒**着的火焰	jiǎnzhí jiù xiàng ránshāo 簡直 就 像 燃燒
又**閃爍**着	shǎnshuò 閃爍
一片**肅**穆的**神色**	sùmù shénsè 肅穆 神色
最早出現的**啟**明**星**	zuì zǎo chūxiàn qǐmíngxīng 最 早 出現 啟明星
活**像一盞懸**掛在高空的明燈	xiàng yì zhǎn xuánguà 像 一 盞 懸掛
密佈**在蒼穹**裏的**星**斗互**相**輝映	zài cāngqióng xīngdǒu hùxiāng 在 蒼穹 星斗 互相
輕輕地撫摸**着細**軟的**沙**灘	qīngqīng xìruǎn shātān 輕輕 細軟 沙灘

（二）前鼻韻母、後鼻韻母分辨（-n / -ng）

深紅的**顏**色**變成**了緋**紅**	shēnhóng yánsè biànchéng 深紅 顏色 變成
城市各處的**真**的**燈**火	chéngshì zhēn de dēnghuǒ 城市 真 的 燈火
圍繞在海**港**周圍**山**坡**上**	hǎigǎng shānpō ·shàng 海港 山坡 上

（三）n 聲母、l 聲母分辨

夕陽**落**山	luòshān 落山
那映照在**浪**峰上的霞光	nà　làngfēng 那　浪峰
在這**藍**色的天幕上閃爍起**來了**	lánsè　qǐ·lái 藍色　起來
那麼亮	liàng 亮
令人注目的光輝	lìng rén 令 人

（四）一字聲調練習（按照實際讀出的聲調注音）

一片橘紅色的晚霞	yí piàn 一 片
一排排波浪	yìpáipái 一排排
當這**一**切紅光都消失了的時候	yíqiè 一切
活像**一**盞懸掛在高空的明燈	yì zhǎn 一 盞
像**一**串流動着的珍珠	yí chuàn 一 串

（五）不字聲調練習（按照實際讀出的聲調注音）

夕陽落山**不**久	bùjiǔ 不久

作品 13 號《海洋與生命》

❶ 重點句、段練習

參考句中停頓的提示，把握朗讀時的流暢度

Shēngmìng zài hǎiyáng ·lǐ dànshēng jué bú shì ǒurán de hǎiyáng de wùlǐ
（1） 生命 /在 海洋 裏 誕生 /絕 不 是 偶然 的， 海洋 的 物理
hé huàxué xìngzhì shǐ tā chéngwéi yùnyù yuánshǐ shēngmìng de yáolán
和 化學 性質 ，使 它 成為 /孕育 原始 生命 的 搖籃 。

Zài duǎn shíqī nèi dòngwù quē shuǐ yào bǐ quēshǎo shíwù gèngjiā wēixiǎn
（2） 在 短 時期 內/ 動物 缺 水 /要 比 缺少 食物/ 更加 危險 。

Yángguāng suīrán wéi shēngmìng suǒ bìxū dànshì yángguāng zhōng de
（3） 陽光 /雖然 為 生命 所 必需，但是 陽光 中 的
zǐwàixiàn què yǒu èshā yuánshǐ shēngmìng de wēixiǎn Shuǐ néng yǒuxiào
紫外線/ 卻 有 扼殺 原始 生命 的 危險 。水/ 能 有效
de xīshōu zǐwàixiàn yīn'ér yòu wèi yuánshǐ shēngmìng tígōngle tiānrán de
地 吸收 紫外線 ，因而 /又 為 原始 生命 /提供了 天然 的
píngzhàng
“屏障” 。

❷ 詞語練習

（一）難讀字詞認記

孕育原始生命的搖籃	yùnyù　yuánshǐ 孕育　原始
含水量在**百分之八十**以上	bǎi fēn zhī bāshí 百 分 之 八十
缺水要比缺少食物更加**危險**	quē shuǐ　wēixiǎn 缺 水　危險
水是一種良好的**溶劑**	róngjì 溶劑
巨大的海洋就像是**天然**的"**溫箱**"	tiānrán　wēnxiāng 天然　溫箱
扼殺原始生命	èshā 扼殺
水能有效地**吸收**紫外線	xīshōu 吸收

（二）必讀輕聲詞、一般輕讀詞練習（一般輕讀詞的輕讀音節，注音前加圓點作標記）

我們知道，水是生物**的**重要組成**部分**	wǒmen　zhī·dào　bùfen 我們　知道　部分
水是新陳代謝**的**重要媒介，**沒有**它	méi·yǒu 沒有

（三）多音字分辨

陽光雖然**為**生命所必需	wéi　suǒ bìxū 為……所 必需 /
為原始生命提供了	wèi　tígōngle 為……提供了

（四）四字詞

xīnchén-dàixiè 新陳代謝	jǔzú-qīngzhòng 舉足輕重
lièrì　pùshài 烈日　曝曬	hánfēng　sǎodàng 寒風　掃蕩

（五）人名、專名

wújīyán 無機鹽	lǜhuànà 氯化鈉
lǜhuàjiǎ 氯化鉀	tànsuānyán 碳酸鹽
línsuānyán 磷酸鹽	róngjiěyǎng 溶解氧

3 發音分辨

（一）翹舌音、平舌音、舌面音聲母分辨（zh ch sh /z c s /j q x）

許多動物**組織**的含**水**量	xǔduō 許多　zǔzhī 組織　hánshuǐliàng 含水量
它對**脆**弱的原**始生**命，更**是舉足輕重**了	cuìruò 脆弱　yuánshǐ 原始　shēngmìng 生命 gèngshì 更是　jǔzú-qīngzhòng 舉足輕重
冬**季**寒風**掃**蕩	dōngjì 冬季　sǎodàng 掃蕩
但**是**陽光**中**的**紫**外**線卻**有扼**殺**原**始生**命的危**險**	dànshì 但是　zhōng 中　zǐwàixiàn 紫外線 què 卻　èshā 扼殺　wēixiǎn 危險

（二）前鼻韻母、後鼻韻母分辨（-n /-ng）

生命在海**洋**裏**誕生**絕不是偶**然**的	shēngmìng 生命　hǎiyáng 海洋　dànshēng 誕生　ǒurán 偶然
生物化學**反應**就無法**進行**	shēngwù 生物　fǎnyìng 反應　jìnxíng 進行
任憑夏季烈日曝曬，**冬**季**寒風**掃**蕩**	rènpíng 任憑　dōngjì 冬季　hánfēng 寒風　sǎodàng 掃蕩
天**然**的“**屏障**”	tiānrán 天然　píngzhàng 屏障

（三）n 聲母、l 聲母分辨

體**內**的一系**列**生**理**和生物化學反應	tǐnèi　xìliè　shēnglǐ 體內　系列　生理
如**氯**化**鈉**、**氯**化鉀、碳酸鹽、**磷**酸鹽	lǜhuànà　línsuānyán 氯化鈉　磷酸鹽

（四）一字聲調練習（按照實際讀出的聲調注音）

而**一**些海洋生物的含水量	yìxiē 一些
體內的**一**系列生理和生物化學反應	yíxìliè 一系列
水是**一**種良好的溶劑	yì zhǒng 一　種

（五）不字聲調練習（按照實際讀出的聲調注音）

生命就**不**會有缺水之憂	bú huì 不 會
在海洋裏誕生絕**不**是偶然的	bú shì 不 是
原始生命可以毫**不**費力	háobú　fèilì 毫不 費力

作品 14 號《和時間賽跑》

❶ 重點句、段練習

參考句中停頓的提示，把握朗讀時的流暢度

（1）
Dú xiǎoxué de shíhou wǒ de wàizǔmǔ qùshì le Wàizǔmǔ shēngqián zuì
讀 小學 的 時候，我 的 外祖母 去世 了。外祖母 生前 / 最
téng'ài wǒ wǒ wúfǎ páichú zìjǐ de yōushāng měi tiān zài xuéxiào de
疼愛 我，我 無法 排除 / 自己 的 憂傷 ，每 天 / 在 學校 的
cāochǎng ·shàng yì quānr yòu yì quānr de pǎozhe pǎo de lèidǎo zài
操場 上 / 一 圈兒 又 一 圈兒 地 跑着 ，跑 得 累倒 在
dì·shàng pū zài cǎopíng ·shàng tòngkū
地上 ，撲 在 草坪 上 痛哭 。

（2）
Tāmen zhī·dào yǔqí piàn wǒ shuō wàizǔmǔ shuìzháole hái bùrú duì wǒ shuō
他們 知道 / 與其 騙 我 說 外祖母 睡着了 ，還 不如 對 我 說
shíhuà Wàizǔmǔ yóngyuǎn bú huì huí·lái le
實話：外祖母 / 永遠 不 會 回來 了。

（3）
Bàba děngyú géi wǒ yí gè míyǔ zhè míyǔ bǐ kèběn ·shàng de
爸爸 / 等於 給 我 一 個 謎語，這 謎語 / 比 課本 上 的 /
rìlì guà zài qiángbì yì tiān sī·qù yí yè shí wǒ xīn·lǐ zháojí hé
“日曆 掛 在 牆壁 ，一天 撕去 一 頁，使 我 心裏 着急 ” / 和
yí cùn guāngyīn yí cùn jīn cùn jīn nán mǎi cùn guāngyīn hái ràng wó
“一 寸 光陰 一 寸 金，寸 金 難 買 寸 光陰 ” / 還 讓 我
gǎndào kěpà
感到 可怕；……

❷ 詞語練習

（一）難讀字詞認記

撲在草坪上痛哭	pū 撲
日曆掛在**牆壁**	qiángbì 牆壁
寸金難買**寸**光陰	cùn 寸
有一種說不出的**滋味**	zīwèi 滋味
我**狂奔**回去，站在**庭院**前**喘氣**	kuángbēn 狂奔　tíngyuàn 庭院　chuǎnqì 喘氣

（二）必讀輕聲詞、一般輕讀詞練習（一般輕讀詞的輕讀音節，注音前加圓點作標記）

讀小學**的時候**，我**的**外祖母去世**了**	shíhou 時候
哀痛**的日子**	rìzi 日子
爸爸媽媽也不**知道**如何安慰我	bàba 爸爸　māma 媽媽　zhī·dào 知道
什麼是永遠不會回**來呢**	shénme 什麼　huí·lái 回來
時間過**得那麼**飛快	nàme 那麼
那一天我跑贏**了太陽**	tài·yáng 太陽
常把**哥哥**五年級**的**作業拿來做	gēge 哥哥

（三）兒化詞練習

一圈兒又**一圈兒**	yì quānr 一 圈兒
我的**小心眼兒**裏不只是着急，還有悲傷	xiǎo xīnyǎnr 小 心眼兒

（四）多音字分辨

累**倒**在地上	lèidǎo dàotuì 累倒 / 倒退
外祖母睡**着**了	shuìzháole zháojí 睡着了 着急 /
心裏**着**急	zhuóluò kànzhe 着落 / 看着
看到太陽還**露**着半邊臉	lòuzhe bàolù 露着 / 暴露

（五）四字詞

duànduàn-xùxù 斷斷續續	guāngyīn sì jiàn 光陰 似 箭
rìyuè rú suō 日月 如 梭	

3 發音分辨

（一）翹舌音、平舌音、舌面音聲母分辨（zh ch sh / z c s / j q x）

讀**小學**的**時**候，我的外**祖**母**去世**了	xiǎoxué shíhou wài zúmǔ qùshì 小學 時候 外祖母 去世
我無法排**除自己**的憂**傷**	páichú zìjǐ yōushāng 排除 自己 憂傷
在學校的**操場**上	zài xuéxiào cāochǎng 在 學校 操場
所有**時間**裏的**事**物	suǒyǒu shíjiān shìwù 所有 時間 事物
一天**撕去**一頁，**使**我**心**裏**着急**	sī·qù shǐ xīn·lǐ zháojí 撕去 使 心裏 着急
更讓我**覺**得有**一種說**不**出**的**滋**味	jué·dé yì zhǒng shuō·bùchū zīwèi 覺得 一 種 說不出 滋味

（二）前鼻韻母、後鼻韻母分辨（n / ng）

外祖母**生前**最**疼**愛我	shēngqián 生前　téngài 疼愛
撲在草**坪**上**痛**哭	cǎopíng 草坪　tòngkū 痛哭
它就**永遠變成**昨**天**	yǒngyuǎn 永遠　biànchéng 變成　zuótiān 昨天
還**讓**我**感**到可怕	ràng 讓　gǎndào 感到

（三）n 聲母、l 聲母分辨

跑得**累**倒在地上	lèidǎo 累倒
現在也不**能**回到你這麼小的童**年**了	bùnéng 不能　tóngnián 童年
日**曆**掛在牆壁	rìlì 日曆
寸金**難**買寸光陰	nán 難　mǎi 買

（四）一字聲調練習（按照實際讀出的聲調注音）

一圈兒又**一**圈兒地跑着	yì 一　quānr 圈兒
爸爸以前也和你**一**樣小	yíyàng 一樣
一天撕去**一**頁	yì 一　tiān 天　yí 一　yè 頁
爸爸等於給我**一**個謎語	yí 一　gè 個
一寸光陰**一**寸金	yí 一　cùn 寸
更讓我覺得有**一**種說不出的滋味	yì 一　zhǒng 種

（五）不字聲調練習（按照實際讀出的聲調注音）

爸爸媽媽也**不**知道如何安慰我	bù zhī·dào 不 知道
還**不**如對我說實話	bùrú 不如
外祖母永遠**不**會回來了	bú huì 不 會
你**不**能再回到昨天	bùnéng 不能
使我的小心眼兒裏**不**只是着急	bù zhǐshì 不 只是
說**不**出的滋味	shuō·bùchū 說不出

作品 15 號《胡適的白話電報》

1 重點句、段練習

參考句中停頓的提示，把握朗讀時的流暢度

（1） Sānshí niándài chū Hú Shì zài Běijīng Dàxué rèn jiàoshòu Jiǎngkè shí tā chángcháng duì báihuàwén dàjiā chēngzàn yǐnqǐ yìxiē zhǐ xǐhuan wényánwén ér bù xǐhuan báihuàwén de xuésheng de bùmǎn

三十 年代 初，胡 適 / 在 北京 大學 任 教授 。 講課 時 / 他 常常 對 白話文 / 大加 稱讚 ，引起 一些 / 只 喜歡 文言文 / 而 不 喜歡 白話文 的 學生 的 不滿 。

（2） Qián jǐ tiān yǒu wèi péngyou gěi wǒ dǎ·lái diànbào qǐng wǒ qù zhèngfǔ bùmén gōngzuò

前 幾 天 / 有 位 朋友 / 給 我 打來 電報 ， 請 我 去 政府 部門 工作 ，……

（3） Hú Shì ràng tóngxué jǔshǒu bàogào yòng zì de shùmù ránhòu tiāole yí fèn yòng zì zuì shǎo de wényán diànbàogǎo

胡 適 讓 同學 舉手 ， 報告 用 字 的 數目 ， 然後 挑了 一 份 / 用 字 最 少 的 文言 電報稿 ，……

2 詞語練習

（一）難讀字詞認記

難道説白話文就毫無**缺點**嗎	quēdiǎn 缺點
胡適**微笑**着回答説	wēixiào 微笑
白話文**廢話**太多	fèihuà 廢話
輕聲地**解釋**説	jiěshì 解釋
我**決定**不去，就回電**拒絕**了	juédìng　jùjué 決定　拒絕
究竟是白話文**省**字，還是文言文**省**字	jiūjìng　shěng 究竟　省
同學們**立刻**認真地寫了起來	lìkè 立刻
恐怕很難擔任這個工作	kǒngpà 恐怕

（二）必讀輕聲詞、一般輕讀詞練習（一般輕讀詞的輕讀音節，注音前加圓點作標記）

只**喜歡**文言文而不**喜歡**白話文**的學生**	xǐhuan　xuésheng 喜歡　學生
前幾天有位**朋友**給我打來電報	péngyou 朋友
請**同學們**根據我這個**意思**	tóngxuémen　yìsi 同學們　意思
幹**不了**，**謝謝**	gàn·bùliǎo　xièxie 幹不了　謝謝
學問不深	xuéwen 學問

（三）多音字分辨

他常常對白話文大加**稱**讚	chēngzàn　duìchèn 稱讚 / 對稱
幹不**了**，謝謝	gàn·bùliǎo　yǒule 幹不了 / 有了

（四）四字詞

cáishū-xuéqiǎn 才疏學淺	kǒng nán shèngrèn 恐 難 勝任
bùkān cóngmìng 不堪 從命	

❸ 發音分辨

（一）翹舌音、平舌音、舌面音聲母分辨（zh ch sh /z c s / j q x）

胡**適在**北京大**學**任**教授**	Hú Shì zài dàxué jiàoshòu 胡 適 在 大學 教授
輕聲地**解釋說**	qīngshēng jiěshì shuō 輕聲 解釋 說
胡**適**讓同**學舉手**	tóngxué jǔshǒu 同學 舉手
我**決**定不**去**，**就**回電**拒絕**了	juédìng qù jiù jùjué 決定 去 就 拒絕

（二）前鼻韻母、後鼻韻母分辨（-n /-ng）

他**常常**對白話**文**大加**稱讚**	chángcháng báihuàwén chēngzàn 常常 白話文 稱讚
那位學**生更**加**激動**了	xuésheng gèngjiā jīdòng 學生 更加 激動
肯定有	kěndìng 肯定
立刻**認真**地寫了起來	rènzhēn 認真
看看究**竟**是白話**文省**字，還是**文言文省**字	kànkan jiūjìng wényánwén shěng 看看 究竟 文言文 省

（三）n 聲母、l 聲母分辨

三十**年**代初	niándài 年代

看**來**也很省字	kànlái 看來
胡適的目光頓時變**亮了**	biànliàng le 變亮 了
恐怕很**難**擔任這個工作，不**能**服從安排	nán bùnéng 難 不能

（四）一字聲調練習（按照實際讀出的聲調注音）

一位姓魏的學生	yí wèi 一 位
一次，胡適正講得得意的時候	yí cì 一 次
不**一**定吧	bù yídìng 不 一定
用文言文寫**一**個回電	yí gè 一 個
然後挑了**一**份用字最少的文言電報稿	yí fèn 一 份

（五）不字聲調練習（按照實際讀出的聲調注音）

引起一些只喜歡文言文而**不**喜歡白話文的學生的**不**滿	bù xǐhuan bùmǎn 不 喜歡 不滿
我決定**不**去	bú qù 不 去
學問**不**深	bù shēn 不 深
不能服從安排	bùnéng 不能
這份寫得確實**不**錯	búcuò 不錯

作品 16 號《火光》

1 重點句、段練習

參考句中停頓的提示，把握朗讀時的流暢度

（1） Hěn jiǔ yǐqián zài yí gè qīhēi de qiūtiān de yèwǎn wǒ fàn zhōu zài
很久以前，在一個漆黑的/秋天的夜晚，我泛舟在
Xībólìyà yì tiáo yīnsēnsēn de hé ·shàng Chuán dào yí gè zhuǎnwān
西伯利亞/一條陰森森的河上。船/到一個轉彎
chù zhǐjiàn qián·miàn hēiqūqū de shānfēng xià·miàn yì xīng huǒguāng mòdì
處，只見前面/黑黢黢的山峰下面/一星火光/驀地
yì shǎn
一閃。

（2） Xiànzài wúlùn shì zhè tiáo bèi xuányá-qiàobì de yīnyǐng lǒngzhào de qīhēi de
現在，無論是這條/被懸崖峭壁的陰影籠罩的/漆黑的
héliú háishì nà yì xīng míngliàng de huǒguāng dōu jīngcháng fúxiàn zài
河流，還是那一星/明亮的火光，都經常浮現在/
wǒ de nǎojì
我的腦際，……

（3） Shēnghuó zhī hé què réngrán zài nà yīnsēnsēn de liǎng'àn zhījiān liúzhe ér
生活之河/卻仍然/在那陰森森的兩岸之間流着，而
huǒguāng yě yījiù fēicháng yáoyuǎn
火光/也依舊/非常遙遠。

2 詞語練習

（一）難讀字詞認記

一個**漆黑**的秋天的夜晚	qīhēi 漆黑
黑黢黢的山峰下面一星火光**驀地一閃**	hēiqūqū mòdì yì shǎn 黑黢黢 驀地 一 閃
一個個**峽谷**和**懸崖**，迎面駛來	xiágǔ xuányá 峽谷 懸崖
彷彿消失在茫茫的遠方	fǎngfú xiāoshī 彷彿 消失
經常**浮現**在我的**腦際**	fúxiàn nǎojì 浮現 腦際
必須**加勁**划槳	jiājìn 加勁
畢竟就在前頭	bìjìng 畢竟

（二）必讀輕聲詞、一般輕讀詞練習（一般輕讀詞的輕讀音節，注音前加圓點作標記）

只見**前面**黑**黢黢的**山峰**下面**一星火光驀地一閃	qián·miàn xià·miàn 前面 下面
馬上就到過夜**的地方啦**！	dìfang 地方
又不以為然**地**划**起槳來**	huá·qǐ jiǎng·lái 划起 槳來
因為火光衝破朦朧**的**夜色	yīn·wèi 因為
其實卻還遠**着呢**	yuǎnzhe ne 遠着 呢
依然是**那麼**遠	nàme 那麼
火光**啊**……畢竟……畢竟就在**前頭**	qiántou 前頭

（二）多音字分辨

船到一個**轉**彎處	zhuǎnwān　zhuànpán 轉彎 / 轉盤
似乎近在咫尺	sìhū　shìde 似乎 / 似的

（四）四字詞

bùyǐwéirán 不以為然	qūsàn hēi'àn 驅散 黑暗
qīhēi rú mò 漆黑 如 墨	xuányá-qiàobì 懸崖峭壁
jìn zài yǎnqián 近 在 眼前	xīnchí-shénwǎng 心馳神往

（五）人名、專名

Xībólìyà 西伯利亞

❸ 發音分辨

（一）翹舌音、平舌音、舌面音聲母分辨（zh ch sh /z c s /j q x）

在一個**漆**黑的**秋**天的夜晚	zài　qīhēi　qiūtiān 在　漆黑　秋天
我泛**舟在西**伯利亞一條陰**森森**的河**上**	fàn zhōu　Xībólìyà　yīnsēnsēn　hé·shàng 泛 舟　西伯利亞　陰森森　河上
謝天**謝**地	xiè 謝
我不**相信**他的話	xiāngxìn 相信
一個個**峽**谷和**懸**崖，迎面**駛**來	xiágǔ　xuányá　shǐ·lái 峽谷　懸崖　駛來
驅散黑暗，**閃閃**發亮，**近在**眼**前**	qūsàn　shǎnshǎn　jìnzàiyǎnqián 驅散　閃閃　近在眼前

因為火光**衝**破朦朧的夜**色**，明明**在**那兒**閃爍**	chōngpò 衝破　yèsè 夜色　shǎnshuò 閃爍

（二）**前鼻韻母、後鼻韻母分辨**（-n /-ng）

船夫扭頭朝**身**後的火**光望**了**一眼**	chuánfū 船夫　shēnhòu 身後　huǒguāng 火光　wàng 望　yì yǎn 一眼
彷佛消失在**茫茫**的**遠方**	fǎngfú 彷佛　mángmáng 茫茫　yuǎnfāng 遠方
可是**生**活之河卻**仍然**在那**陰森森**的兩**岸**之**間**流着	shēnghuó 生活　réngrán 仍然　yīnsēnsēn 陰森森　liǎng'àn 兩岸　zhījiān 之間

（三）n 聲母、l 聲母分辨

閃閃發**亮**，近在眼前，**令**人神往	fāliàng 發亮　lìng rén 令人
我泛舟在西伯**利**亞	Xībólìyà 西伯利亞
無**論**是這條被懸崖峭壁的陰影**籠**罩的漆黑的河**流**	wúlùn 無論　lǒngzhào 籠罩　héliú 河流
在**那**陰森森的**兩**岸之間**流**着	nà 那　liǎng'àn 兩岸　liú 流
經常浮現在我的**腦**際	nǎojì 腦際

（四）**一字聲調練習**（按照實際讀出的聲調注音）

一條陰森森的河上	yì tiáo 一條
一星火光驀地**一**閃	yì xīng 一星　yì shǎn 一閃

乍一看，再划幾下就到了	yí kàn 一 看
一個個峽谷和懸崖	yígègè 一個個

（五）**不字聲調練習**（按照實際讀出的聲調注音）

又**不**以為然地划起槳來	bùyǐwéirán 不以為然
我**不**相信他的話	bù xiāngxìn 不 相信
不過船夫是對的	búguò 不過
不止使我一人心馳神往	bùzhǐ 不止

作品 17 號《濟南的冬天》

1 重點句、段練習

參考句中停頓的提示，把握朗讀時的流暢度

（1）
Duìyú yí gè zài Běipíng zhùguàn de rén xiàng wǒ dōngtiān yàoshì bù
對於 一 個 / 在 北平 住慣 的 人， 像 我， 冬天 要是 不
guāfēng biàn jué·dé shì qíjì Jǐnán de dōngtiān shì méi·yǒu fēngshēng
颳風 ， 便 覺得 是 奇跡；濟南 的 冬天 / 是 沒有 風聲
de Duìyú yí gè gāng yóu Lúndūn huí·lái de rén xiàng wǒ dōngtiān yào
的。對於 一 個 / 剛 由 倫敦 回來 的 人， 像 我， 冬天 要
néng kàn de jiàn rìguāng biàn jué·dé shì guàishì Jǐnán de dōngtiān shì
能 看 得 見 日光 ， 便 覺得 是 怪事 ；濟南 的 冬天 / 是
xiǎngqíng de
響晴 的。

（2）
Zhè yì quān xiǎoshān zài dōngtiān tèbié kě'ài hǎoxiàng shì bǎ Jǐnán fàng
這 一 圈 小山 / 在 冬天 特別 可愛， 好像 是 把 濟南 / 放
zài yí gè xiǎo yáolán ·lǐ
在 一 個 小 搖籃 裏……

（3）
Zhèyàng de wēnnuǎn jīntiān yè·lǐ shāncǎo yěxǔ jiù lǜqǐ·lái le ba
這樣 的 溫暖 ， 今天 夜裏 / 山草 / 也許 就 綠起來 了 吧？
Jiùshì zhè diǎnr huànxiǎng bùnéng yìshí shíxiàn tāmen yě bìng bù zháojí
就是 / 這 點兒 幻想 不能 一時 實現 ，他們 也 並 不 着急，
yīn·wèi zhèyàng císhàn de dōngtiān gànshénme hái xīwàng biéde ne
因為 / 這樣 慈善 的 冬天 ， 幹什麼 / 還 希望 別的 呢！

❷ 詞語練習

（一）難讀字詞認記

冬天要是不颳風，便覺得是**奇跡**	qíjì 奇跡
濟南的冬天是**響晴**的	Jǐnán　xiǎngqíng 濟南　響晴
只等春風來把它們**喚醒**	huànxǐng 喚醒
這是不是理想的**境界**	jìngjiè 境界
慈善的冬天	císhàn 慈善
山上的**矮松**越發的青黑	ǎisōng 矮松

（二）必讀輕聲詞、一般輕讀詞練習（一般輕讀詞的輕讀音節，注音前加圓點作標記）

在熱帶的**地方**，日光是永遠**那麼**毒	dìfang　nàme 地方　那麼
請閉**上眼睛**想	bì·shàng　yǎnjing 閉上　眼睛
你們放心**吧**，這兒準保**暖和**	nǐmen　nuǎnhuo 你們　暖和
濟南**的人們**在冬天是面**上**含笑**的**	rénmen　miàn·shàng 人們　面上
他們由**天上**看到**山上**，便不知不覺**地**想起	tāmen　tiān·shàng　shān·shàng 他們　天上　山上
因為這樣慈善**的**冬天，**幹什麼**還希望別**的呢**	yīn·wèi　gànshénme 因為　幹什麼

（三）兒化詞練習

反**有點兒**叫人害怕	yǒudiǎnr 有點兒
小山整把濟南圍了個**圈兒**，只有北邊缺着點**口兒**	quānr　kǒur 圈兒　口兒
這兒準保暖和	zhèr 這兒
樹尖兒上頂着**一髻兒**白花	shùjiānr　yíjìr 樹尖兒　一髻兒

（四）多音字分辨

濟南真**得**算個寶地	zhēn děi 真 得 / dédào 得到
那也算不**了**出奇	suàn·bùliǎo 算不了 / yǒule 有了
心中便覺得有了**着**落	zhuóluò 着落 / zháojí 着急 / kànzhe 看着
他們也並不**着**急	

❸ 發音分辨

（一）翹舌音、平舌音、舌面音聲母分辨（zh ch sh /z c s /j q x）

設若單單**是**有陽光，那也**算**不了**出奇**	shèruò 設若 shì 是 suàn·bùliǎo 算不了 chūqí 出奇
全在天底**下曬着**陽光	quán 全 zài 在 tiān dǐ·xià 天底下 shàizhe 曬着
這是不**是**理**想**的**境**界	zhè 這 shì·búshì 是不是 lǐxiǎng 理想 jìngjiè 境界
只有北邊**缺着**點口兒	zhǐyǒu 只有 quēzhe 缺着

（二）前鼻韻母、後鼻韻母分辨（-n /-ng）

對於一個在北**平**住**慣**的人	Běipíng 北平 guàn 慣
濟**南**的**冬天**是沒有**風聲**的	Jǐnán 濟南 dōngtiān 冬天 fēngshēng 風聲
設若**單單**是有**陽光**	dāndān 單單 yángguāng 陽光
只**等春風**來把它**們喚醒**	děng 等 chūnfēng 春風 tāmen 它們 huànxǐng 喚醒
它**們安靜**不**動**地低**聲**地說	ānjìng 安靜 búdòng 不動 dīshēng 低聲
這**樣**慈**善**的**冬天**，**幹什**麼還希**望**別的呢	zhèyàng 這樣 císhàn 慈善 gànshénme 幹什麼 xīwàng 希望

（三）n 聲母、l 聲母分辨

對於一個剛由**倫**敦回**來**的人	Lúndūn　huí·lái 倫敦　回來
一個**老**城	lǎochéng 老城
暖和安適地睡着	nuǎnhuo 暖和
心中便覺得有**了**着**落**	zhuóluò 着落
好像是把濟**南**放在一個小搖**籃裏**	Jǐnán　yáolán·li 濟南　搖籃裏

（四）一字聲調練習（按照實際讀出的聲調注音）

這**一**圈小山在冬天特別可愛	yì quān 一 圈
他們**一**看那些小山	yí kàn 一 看
就是這點兒幻想不能**一**時實現	yìshí 一時

（五）不字聲調練習（按照實際讀出的聲調注音）

冬天要是**不**颳風	bù guāfēng 不 颳風
那也算**不**了出奇	suàn·bùliǎo 算不了
這是**不**是理想的境界	shì·búshì 是不是
它們安靜**不**動地低聲地説	bú dòng 不 動
便**不**知**不**覺地想起	bùzhī-bùjué 不知不覺
就是這點兒幻想**不**能一時實現	bùnéng 不能
他們也並**不**着急	bù zháojí 不 着急

作品 18 號《家鄉的橋》

1 重點句、段練習

參考句中停頓的提示，把握朗讀時的流暢度

（1）
Chúnpǔ de jiāxiāng cūnbiān yǒu yì tiáo hé qūqū-wānwān hé zhōng jià yì
純樸 的 家鄉 村邊 / 有 一 條 河， 曲曲彎彎 ，河 中 架 一
wān shíqiáo gōng yàng de xiǎoqiáo héngkuà liǎng'àn
彎 石橋 ， 弓 樣 的 小橋 / 橫跨 兩岸 。

（2）
Dāng wǒ fǎng nánjiāng tàn běiguó yǎnlián chuǎngjìn zuòzuò xióngwěi de
當 我 / 訪 南疆 / 探 北國，眼簾 闖進 / 座座 雄偉 的
chángqiáo shí wǒ de mèng biàn de fēngmǎn le zēngtiānle
長橋 時，我 的 夢 / 變 得 豐滿 了，增添了 /
chì-chéng-huáng-lǜ- qīng-lán-zǐ
赤橙黃綠 / 青藍紫 。

（3）
Sānshí duōnián guò·qù wǒ dàizhe mǎntóu shuānghuā huídào gùxiāng dì-yī
三十 多 年 過去 ，我 帶着 滿頭 霜花 / 回到 故鄉 ，第一
jǐnyào de biànshì qù kànwàng xiǎoqiáo
緊要 的 / 便是 / 去 看望 小橋 。

2 詞語練習

（一）難讀字詞認記

弓樣的小橋**橫跨**兩岸	héngkuà 橫跨
印下串串**足跡**，**灑落**串串汗珠	zújì　sǎluò 足跡　灑落
為了追求**多棱**的希望	duōléng 多棱
你是一把閃亮的**鐮刀**，**割刈**着歡笑的花果	liándāo　gēyì 鐮刀　割刈
在**飄泊**他鄉的歲月	piāobó 飄泊
眼簾**闖進**座座雄偉的長橋	chuǎngjìn 闖進
雄渾的大橋	xiónghún 雄渾
我**驀地**記起兒時唱給小橋的歌	mòdì 驀地

（二）必讀輕聲詞、一般輕讀詞練習（一般輕讀詞的輕讀音節，注音前加圓點作標記）

晃悠悠**的扁擔**	biǎndan 扁擔
啊！小橋**呢**？它躲**起來了**	duǒ　qǐ·lái 躲　起來
傳遞**了**家鄉進步**的消息**	xiāoxi 消息

（三）多音字分辨

你是一根**晃**悠悠的扁擔	huàngyōuyōu　huǎngyǎn 晃悠悠　/　晃眼
浴着**朝**霞熠熠閃光	zhāoxiá　cháodài 朝霞　/　朝代
曲曲彎彎	wānqū　gēqǔ 彎曲　/　歌曲

（四）四字詞

jī míng xiǎo yuè 雞 鳴 曉 月	rì lì zhōng tiān 日 麗 中 天
yuèhuá xiè dì 月華 瀉 地	qīngyín-dīchàng 輕吟低唱
pǔzhào guānghuī 普照 光輝	mǎntóu shuānghuā 滿頭 霜花
yìyì shǎnguāng 熠熠 閃光	chǎngkāi xiōnghuái 敞開 胸懷

3 發音分辨

（一）翹舌音、平舌音、舌面音聲母分辨（zh ch sh /z c s /j q x）

小橋都印**下串串足跡**	xiǎoqiáo yìnxià chuànchuàn zújì 小橋 印下 串串 足跡
灑落**串串**汗**珠**	sǎluò hànzhū 灑落 汗珠
兑**現**美好的**遐想**	duìxiàn xiáxiǎng 兑現 遐想
第一**緊**要的便**是去**看望**小橋**	jǐnyào shì qù xiǎoqiáo 緊要 是 去 小橋
汽車的呼**嘯**，**自行車**的叮鈴	qìchē hūxiào zìxíngchē 汽車 呼嘯 自行車
合**奏着進行交響**樂	hézòuzhe jìnxíng jiāoxiǎngyuè 合奏着 進行 交響樂
傳遞了**家鄉進**步的**消息**	jiāxiāng jìnbù xiāoxi 家鄉 進步 消息
那**是鄉親**為了**追求**多棱的**希**望	xiāngqīn zhuīqiú xīwàng 鄉親 追求 希望

（二）前鼻韻母、後鼻韻母分辨（-n /-ng）

弓樣的小橋**橫**跨**兩岸**	gōng yàng héngkuà liǎng'àn 弓 樣 橫跨 兩岸
彎彎小橋	wānwān 彎彎

你是**一根晃**悠悠的**扁擔**	yì gēn 一 根 huàngyōuyōu 晃悠悠 biǎndan 扁擔
我稚小的**心靈**，**曾將心聲獻**給小橋	xīnlíng 心靈 céng 曾 jiāng 將 xīnshēng 心聲 xiàngěi 獻給
我的**夢變**得**豐滿**了	mèng 夢 biàn 變 fēngmǎn 豐滿
南來的**鋼筋**、花布，北**往**的**柑橙**、家**禽**	nán 南 gāngjīn 鋼筋 wǎng 往 gān 柑 chéng 橙 jiāqín 家禽

（三）n 聲母、l 聲母分辨

不時**露**出舒心的笑容	lùchū 露出
你是一把閃亮的**鐮**刀	liándāo 鐮刀
當我訪**南**疆探北國，眼**簾**闖進座座雄偉的長橋時	nánjiāng 南疆 yǎnlián 眼簾
增添**了**赤橙黃**綠**青**藍**紫	lǜ 綠 lán 藍
自行車的叮**鈴**	dīnglíng 叮鈴

（四）一字聲調練習（按照實際讀出的聲調注音）

一彎銀色的新月	yì wān 一 彎
你是**一**把閃亮的鐮刀	yì bǎ 一 把
你是**一**根晃悠悠的扁擔	yì gēn 一 根
第**一**緊要的便是去看望小橋	dì-yī 第一（序數讀原調）
河中**一**道長虹	yí dào 一 道

（五）不字聲調練習（按照實際讀出的聲調注音）

不管是雞鳴曉月	bùguǎn 不管
不時露出舒心的笑容	bùshí 不時

作品 19 號《堅守你的高貴》

1 重點句、段練習

參考句中停頓的提示，把握朗讀時的流暢度

（1）
Sānbǎi duō nián qián jiànzhù shèjìshī Láiyī'ēn shòumìng shèjìle Yīngguó
三百 多 年 前，建築 設計師 / 萊伊恩 / 受命 設計了 英國 /
Wēnzé shìzhèngfǔ dàtīng Tā yùnyòng gōngchéng lìxué de zhīshi yījù zìjǐ
溫澤 市政府 大廳。他 運用 工程 力學 的 知識，依據 自己
duōnián de shíjiàn qiǎomiào de shèjìle zhǐ yòng yì gēn zhùzi zhīchēng de
多年 的 實踐 ， 巧妙 地 設計了 / 只 用 一 根 柱子 支撐 的 /
dàtīng tiānhuābǎn
大廳 天花板 。

（2）
Láiyī 'ēn zìxìn zhǐyào yì gēn jiāngù de zhùzi zúyǐ bǎozhèng dàtīng ānquán
萊伊恩 自信 / 只要 一 根 堅固 的 柱子 / 足以 保證 大廳 安全 ，
tā de gù·zhí rěnǎole shìzhèng guānyuán xiǎnxiē bèi sòng·shàng
他 的“固 執” / 惹 惱 了 市政 官 員 ，險些 / 被 送上
fǎtíng
法庭。

（3）
Shìjiè gè guó de jiànzhù zhuānjiā hé yóukè yúnjí dāngdì zhèngfǔ duìcǐ yě
世界 各 國 的 建築 專家 / 和 遊客 雲集，當地 政府 / 對此 也
bù jiā yǎnshì zài xīn shìjì dàolái zhī jì tèyì jiāng dàtīng zuòwéi yí
不 加 掩飾 ，在 / 新 世紀 到來 之 際，特意 將 大廳 / 作為 一
gè lǚyóu jǐngdiǎn duìwài kāifàng zhǐ zài yǐndǎo rénmen chóngshàng hé
個 旅遊 景點 / 對外 開放 ，旨 在 引導 人們 / 崇尚 / 和
xiāngxìn kēxué
相信 科學。

❷ 詞語練習

（一）難讀字詞認記

建築設計師萊伊恩	jiànzhù 建築　shèjìshī 設計師
市政府**權威**人士進行**工程**驗收	quánwēi 權威　gōngchéng 工程
他的"**固執**"**惹惱**了市政官員	gù·zhí 固執　rěnǎo 惹惱
矛盾了很長一段時間	máodùn 矛盾
這些柱子並未與天花板**接觸**	jiēchù 接觸
這個**秘密始終**沒有被人發現	mìmì 秘密　shǐzhōng 始終
市政府準備**修繕**大廳的天花板	xiūshàn 修繕

（二）必讀輕聲詞、一般輕讀詞練習（一般輕讀詞的輕讀音節，注音前加圓點作標記）

他運用工程力學**的知識**	zhīshi 知識
他的"**固執**"惹惱**了**市政官員	gù·zhí 固執
不過這些**柱子**並未與天花板接觸，只**不過**是**裝裝樣子**	zhùzi 柱子　zhǐ·búguò 只不過　zhuāngzhuang 裝裝　yàngzi 樣子
三百多年過**去了**，這**個**秘密始終**沒有**被人發現	guò·qù 過去　zhège 這個　méi·yǒu 沒有
消息傳出後	xiāoxi 消息

（三）多音字分辨

有悖自己**為**人的原則	wéirén 為人 / wèile 為了
這個**秘**密始終沒有被人發現	mìmì 秘密 / Bìlǔ 秘魯

（四）四字詞

nòngxū-zuòjiǎ 弄虛作假	bù jiā yǎnshì 不 加 掩飾

（五）人名、專名

Láiyī 'ēn 萊伊恩	Yīngguó Wēnzé 英國 溫澤

3 發音分辨

（一）翹舌音、平舌音、舌面音聲母分辨（zh ch sh / z c s / j q x）

依**據自己**多年的**實踐**	yījù zìjǐ shíjiàn 依據 自己 實踐
巧妙地**設計**了**只**用一根**柱子支撐**的大廳天花板	qiǎomiào shèjì zhǐ zhùzi 巧妙 設計 只 柱子 zhīchēng 支撐
險些被**送上**法庭	xiǎnxiē sòng·shàng 險些 送上
市政府**準**備**修繕**大廳的天花板	shìzhèngfǔ zhǔnbèi xiūshàn 市政府 準備 修繕
當地**政**府**對此**也不加掩**飾**	duìcǐ yǎnshì 對此 掩飾
在**新世紀**到來**之際**	xīn shìjì zhī jì 新 世紀 之 際
旨在引導人們**崇尚**和**相信**科**學**	zhǐ zài chóngshàng xiāngxìn 旨 在 崇尚 相信 kēxué 科學
作為一名**建築師**，萊伊恩並不**是最出色**的	zuòwéi jiànzhùshī zuì chūsè 作為 建築師 最 出色

（二）前鼻韻母、後鼻韻母分辨（-n / -ng）

英國溫**澤**市**政府**大**廳**	Yīngguó Wēnzé zhèngfǔ dàtīng 英國 溫澤 政府 大廳
進行工程驗收時	jìnxíng gōngchéng yànshōu 進行 工程 驗收
只要一**根堅**固的柱子足以保**證**大**廳** **安全**	yì gēn jiāngù bǎozhèng ānquán 一 根 堅固 保證 安全
市**政官員肯定**會**另**找**人**修改設計	shìzhèng guānyuán kěndìng lìng rén 市政 官員 肯定 另 人

（三）n 聲母、l 聲母分辨

他非常苦**惱**	kǔnǎo 苦惱
直到前**兩年**	liǎng nián 兩 年
才發現**萊**伊恩當**年**的“**弄**虛作假”	Láiyī 'ēn dāngnián nòngxū-zuòjiǎ 萊伊恩 當年 弄虛作假
作為一個**旅**遊景點對外開放	lǚyóu 旅遊

（四）一字聲調練習（按照實際讀出的聲調注音）

一根柱子	yì gēn 一 根
一年以後	yì nián 一 年
但作為**一**個人	yí gè 一 個
作為**一**名建築師	yì míng 一 名
矛盾了很長**一**段時間	yí duàn 一 段
萊伊恩終於想出了**一**條妙計	yì tiáo 一 條

（五）不字聲調練習（按照實際讀出的聲調注音）

不堅持吧	bù jiānchí 不 堅持
只**不**過是裝裝樣子	zhǐ·búguò 只不過
當地政府對此也**不**加掩飾	bù jiā 不 加
萊伊恩並**不**是最出色的	bìng bú shì 並 不 是

作品 20 號《金子》

1 重點句、段練習

參考句中停頓的提示，把握朗讀時的流暢度

（1） Zìcóng chuányán yǒu rén zài Sàwén hépàn sànbù shí wúyì fāxiànle jīnzi hòu
自從 傳言 有 人 / 在 薩文 河畔 散步 時 / 無意 發現了 金子 後，
zhè·lǐ biàn cháng yǒu láizì sìmiàn-bāfāng de táojīnzhě
這裏 / 便 常 有 / 來自 四面八方 的 淘金者。

（2） Yǔ zhōngyú tíng le Bǐdé zǒuchū xiǎo mùwū fāxiàn yǎnqián de tǔdì kàn
雨 / 終於 停 了，彼得 走出 小 木屋，發現 眼前 的 土地 / 看
shàng·qù hǎoxiàng hé yǐqián bù yíyàng kēngkeng-wāwā yǐ bèi dàshuǐ
上去 / 好像 和 以前 不 一樣：坑坑窪窪 / 已 被 大水 /
chōngshuā píngzhěng sōngruǎn de tǔdì ·shàng zhǎngchū yì céng
沖刷 平整，鬆軟 的 土地 上 / 長出 一 層 /
lùróngróng de xiǎocǎo
綠茸茸 的 小草。

（3） Zhè tǔdì hěn féiwò wǒ kěyǐ yònglái zhòng huā bìngqiě nádào zhèn ·shàng
這 土地 很 肥沃，我 可以 用來 種 花，並且 / 拿到 鎮 上
qù màigěi nàxiē fùrén tāmen yídìng huì mǎi xiē huā zhuāngbàn tāmen
去 / 賣給 那些 富人，他們 一定 會 買 些 花 / 裝扮 / 他們
huálì de kètīng
華麗 的 客廳。

❷ 詞語練習

（一）難讀字詞認記

常有來自四面八方的**淘金**者	táojīn 淘金
他們都想成為**富翁**，於是**尋遍**了整個河床	fùwēng xúnbiàn 富翁 尋遍
在**河床**上挖出很多**大坑**	héchuáng dàkēng 河床 大坑
一個人**默默地**工作	mòmòde 默默地
鬆軟的土地上長出一層**綠茸茸**的小草	sōngruǎn lǜróngróng 鬆軟 綠茸茸
這土地很**肥沃**	féiwò 肥沃

（二）必讀輕聲詞、一般輕讀詞練習（一般輕讀詞的輕讀音節，注音前加圓點作標記）

另外一些人**因為**一無所得而只好掃興歸去	yīn·wèi 因為
就在他即將離去的前一個**晚上**	wǎnshang 晚上
這裏沒找到**金子**	zhè·lǐ jīnzi 這裏 金子
那麼我一定會賺許多錢	nàme 那麼
直到土地全變成了**坑坑窪窪**	kēngkeng-wāwā 坑坑窪窪

（三）兒化詞練習

連**一丁點兒**金子都沒看見	yì dīngdiǎnr 一 丁點兒
他準備離開**這兒**到別處去謀生	zhèr 這兒

（四）多音字分辨

不甘心落**空**	luòkōng kòngwèi 落空 / 空位
駐**紮**在這裏	zhùzhā zāchéng 駐紮 / 紮成

（五）四字詞

sìmiàn-bāfāng 四面八方	yīwú-suǒdé 一無所得
sǎoxìng guīqù 掃興 歸去	qīngpén-dàyǔ 傾盆大雨
hū yǒu suǒ wù 忽 有 所 悟	

（六）人名、專名

Sàwén hépàn 薩文 河畔	Bǐdé Fúléitè 彼得・弗雷特

❸ 發音分辨

（一）翹舌音、平舌音、舌面音聲母分辨（zh ch sh /z c s /j q x）

自從傳言有人**在薩**文河畔**散**步時無意發**現**了**金子**後	zìcóng chuányán zài Sàwén 自從 傳言 在 薩文 sànbù fāxiàn jīnzi 散步 發現 金子
希望**藉助**它們**找**到更多的**金子**	xīwàng jièzhù zhǎodào 希望 藉助 找到
便**駐紮在這**裏，**繼續尋找**	zhùzhā zhè·lǐ jìxù xúnzhǎo 駐紮 這裏 繼續 尋找
他**準**備離開**這**兒到別**處去**謀**生**	zhǔnbèi zhèr Biéchù qù móushēng 準備 這兒 別處 去 謀生

（二）前鼻韻母、後鼻韻母分辨（-n /-ng）

他**們**都**想成**為富**翁**	tāmen xiǎng chéngwéi fùwēng 他們 想 成為 富翁
還在河**床上**挖出**很**多大**坑**	héchuáng hěn duō dàkēng 河床 很 多 大坑
他**翻遍**了**整**塊土地	fānbiàn zhěng 翻遍 整
並且拿到**鎮上**去賣給那些富**人**	bìngqiě zhèn ·shàng fùrén 並且 鎮 上 富人
他**們**一**定**會買些花**裝扮**他**們**華麗的客**廳**	yídìng zhuāngbàn kètīng 一定 裝扮 客廳
終於實**現**了他的**夢想**	zhōngyú shíxiàn mèngxiǎng 終於 實現 夢想

（三）n 聲母、l 聲母分辨

也有不甘心**落**空的，便駐紮在這**裏**	luòkōng zhè·lǐ 落空 這裏
但**連**一丁點兒金子都沒看見	lián 連
並且**拿**到鎮上去賣給**那**些富人	nádào nàxiē 拿到 那些

（四）一字聲調練習（按照實際讀出的聲調注音）

但另外**一**些人	yìxiē 一些
弗雷特就是其中**一**員	yì yuán 一 員
一塊沒人要的土地	yí kuài 一 塊
並且**一**下就是三天三夜	yíxià 一下
土地上長出**一**層綠茸茸的小草	yì céng 一 層

（五）不字聲調練習（按照實際讀出的聲調注音）

也有**不**甘心落空的	bù gānxīn 不 甘心
和以前**不**一樣	bù yíyàng 不 一樣

作品 21 號《捐誠》

❶ 重點句、段練習

參考句中停頓的提示，把握朗讀時的流暢度

（1）Wǒ zài Jiānádà xuéxí qījiān yùdàoguo liǎng cì mùjuān nà qíngjǐng zhìjīn shǐ wǒ nányǐ-wànghuái
我在加拿大學習期間/遇到過兩次募捐，那情景/至今/使我難以忘懷。

（2）Yìliánchuàn de wèntí shǐ wǒ zhège yǒushēng-yǐlái tóu yí cì zài zhòngmù-kuíkuí zhīxià ràng bié·rén cā xié de yìxiāng rén cóng jìnhū lángbèi de jiǒngtài zhōng jiětuō chū·lái
一連串的問題，使我這個有生以來/頭一次在眾目睽睽之下/讓別人擦鞋的異鄉人，從近乎狼狽的窘態中/解脫出來。

（3）Yìxiē shízì lùkǒuchù huò chēzhàn zuòzhe jǐ wèi lǎorén Tāmen mǎntóu yínfà shēn chuān gè zhǒng lǎoshì jūnzhuāng shàng·miàn bùmǎnle dàdà-xiǎoxiǎo xíngxíng-sèsè de huīzhāng jiǎngzhāng
一些/十字路口處/或車站/坐着幾位老人。他們滿頭銀髮，身穿/各種老式軍裝，上面佈滿了/大大小小/形形色色的徽章、獎章，……

❷ 詞語練習

（一）難讀字詞認記

我在學習期間遇到過兩次**募捐**	mùjuān 募捐
幫助患**小兒麻痺**的夥伴募捐	xiǎo'ér mábì 小兒 麻痺
從**近乎**狼狽的**窘態**中解脫出來	jìnhū jiǒngtài 近乎 窘態
向他們**微微鞠躬**	wēiwēi jūgōng 微微 鞠躬

（二）必讀輕聲詞、一般輕讀詞練習（一般輕讀詞的輕讀音節，注音前加圓點作標記）

坐在小櫈**上**給我擦**起**皮鞋**來**	xiǎodèng ·shàng cā·qǐ píxié ·lái 小櫈 上 擦起 皮鞋來
小姐，喜歡渥太華**嗎**	xiǎo·jiě xǐhuan 小姐 喜歡
在**你們**國家**有沒有**小孩兒患小兒麻痺	nǐmén yǒu méi·yǒu 你們 有 沒有
讓**別人**擦鞋**的**異鄉人	bié·rén 別人
有水仙、石竹、**玫瑰**及叫**不出名字的**	méi·guī jiào·bùchū míngzi 玫瑰 叫不出 名字
那些老軍人毫不注意**人們**捐**多少**錢	rénmen duō·shǎo 人們 多少

（三）兒化詞練習

有沒有**小孩兒**患小兒麻痺	xiǎoháir 小孩兒
我們像朋友一樣**聊**起**天兒**來	liáotiānr 聊天兒
我看了**一會兒**	yí huìr 一 會兒

（四）四字詞

nányǐ-wànghuái 難以忘懷	zuògōng jīngqiǎo 做工 精巧
sècǎi xiānyàn 色彩 鮮豔	bùyóu-fēnshuō 不由分說
bīnbīn-yǒulǐ 彬彬有禮	zhòngmù-kuíkuí 眾目睽睽
mǎntóu yínfà 滿頭 銀髮	xíngxíng-sèsè 形形色色
fēnfēn zhǐbù 紛紛 止步	

（五）人名、專名

Jiānádà 加拿大	Wòtàihuá 渥太華

3 發音分辨

（一）翹舌音、平舌音、舌面音聲母分辨（zh ch sh / z c s / j q x）

我**在加拿大學習期間**遇到過兩**次募捐**	zài Jiānádà xuéxí qījiān 在 加拿大 學習 期間 liǎng cì mùjuān 兩 次 募捐
不由分**說就坐在**小**櫈上**給我**擦起**皮**鞋**來	bùyóu-fēnshuō jiù zuò zài 不由分說 就 坐 在 xiǎodèng ·shàng cā·qǐ píxié 小櫈 上 擦起 皮鞋
從近乎狼狽的**窘**態**中解**脫**出**來	cóng jìnhū jiǒngtài zhōng 從 近乎 窘態 中 jiětuō chū·lái 解脫 出來
匆匆過往的**行**人紛紛**止**步	cōngcōng xíngrén zhǐbù 匆匆 行人 止步
還有人掏**出支**票填好後投**進**木**箱**	tāochū zhīpiào tóujìn mùxiāng 掏出 支票 投進 木箱

（二）前鼻韻母、後鼻韻母分辨（-n /-ng）

那**情景**至**今**使我**難**以**忘懷**	qíngjǐng 情景　zhìjīn 至今　nányǐ-wànghuái 難以忘懷
穿得**整整**齊齊	chuān 穿　zhěngzhěng-qíqí 整整齊齊
上面佈**滿**了大大小小**形形**色色的徽**章**、**獎章**	shàng·miàn 上面　bùmǎn 佈滿　xíngxíngsèsè 形形色色　jiǎngzhāng 獎章
我**們像朋**友一**樣**聊起**天**兒來	wǒmen 我們　xiàng 像　péngyou 朋友　yíyàng 一樣　tiān 天

（三）n 聲母、l 聲母分辨

被**兩**個**男**孩子**攔**住去**路**	liǎng gè 兩個　nánháizi 男孩子　lánzhù 攔住　qù lù 去路
另一個則彬彬有**禮**地發問	lìng yí gè 另一個　yǒulǐ 有禮
一些十字**路**口處或車站坐着幾位**老**人	lǎorén 老人
人們還**耐**心地排着隊	nàixīn 耐心

（四）一字聲調練習（按照實際讀出的聲調注音）

一連串的問題	yìliánchuàn 一連串
一些十字路口處	yìxiē 一些
每人手捧**一**大束鮮花	yí dà shù 一大束
一色雪白	yísè 一色
從他們手中接過**一**朵花	yì duǒ 一朵
有人投**一**兩元	yì-liǎng yuán 一兩元

（五）不字聲調練習（按照實際讀出的聲調注音）

不由分說就坐在小櫈上	bùyóu-fēnshuō 不由分說
一直不停地向人們低聲道謝	bùtíng 不停

作品 22 號《可愛的小鳥》

1 重點句、段練習

參考句中停頓的提示，把握朗讀時的流暢度

（1）
Méi·yǒu yí piàn lǜyè méi·yǒu yì lǚ chuīyān méi·yǒu yí lì nítǔ
沒有 / 一 片 綠葉， 沒有 / 一 縷 炊煙 ， 沒有 / 一 粒 泥土，
méi·yǒu yì sī huāxiāng zhǐyǒu shuǐ de shìjiè yún de hǎiyáng
沒有 / 一 絲 花香 ， 只有 / 水 的 世界，雲 的 海洋 。

（2）
Měi tiān bǎ fēndào de yí sùliàotǒng dànshuǐ yúngěi tā hē bǎ cóng zǔguó
每 天，把 分到 的 / 一 塑料筒 淡水 / 勻給 它 喝，把 從 祖國
dài·lái de xiānměi de yúròu fēngěi tā chī tiāncháng-rìjiǔ xiǎoniǎo hé
帶來 的 / 鮮美 的 魚肉 / 分給 它 吃， 天長日久 ， 小鳥 / 和
shuǐshǒu de gǎnqíng rìqū dǔhòu
水手 的 感情 / 日趨 篤厚。

（3）
Rénlèi gěi tā yǐ shēngmìng tā háobù qiānlìn de bǎ zìjǐ de yìshù qīngchūn
人類 給 它 以 生命 ，它 毫不 慳吝 地 / 把 自己 的 藝術 青春 /
fèngxiàn gěile bǔyù tā de rén
奉獻 給了 / 哺育 它 的 人。

❷ 詞語練習

（一）難讀字詞認記

嬌巧的小嘴，**啄理**着綠色的羽毛	jiāoqiǎo 嬌巧　zhuólǐ 啄理
水手們把它帶到**艙**裏，給它“**搭鋪**”	cāng 艙　dā 搭　pù 鋪
把分到的一**塑料筒**淡水**勻**給它喝	sùliàotǒng 塑料筒　yún 勻
當第一束陽光射進**舷窗**時	xiánchuāng 舷窗
把自己的藝術青春奉獻給了**哺育**它的人	bǔyù 哺育
獻給**尊敬**他們的人	zūnjìng 尊敬
蒙上了一層浪漫**色調**	sèdiào 色調
小鳥**憔悴**了	qiáocuì 憔悴

（二）必讀輕聲詞、一般輕讀詞練習（一般輕讀詞的輕讀音節，注音前加圓點作標記）

可愛**的**小鳥和善良**的**水手結成**了**朋**友**	péngyou 朋友
水手**們**把它帶到艙**裏**	shuǐshǒumen 水手們　cāng ·lǐ 艙裏
鴨**子**樣**的**扁腳	yāzi 鴨子

（三）兒化詞練習

在人們頭頂盤旋了幾**圈兒**	quānr 圈兒

（四）多音字分辨

乘流而下	chéng liú　qiān shèng zhī guó 乘 流／千 乘 之 國
可愛的小鳥和善良的水手**結**成了朋友	jiéchéng　jiēshi 結成／結實

（五）四字詞

wújiā-kěguī 無家可歸	shānshān ér lái 姍姍 而 來
ānjiā-luòhù 安家落戶	rìqū dǔhòu 日趨 篤厚
yīngyīng-yǒuyùn 嚶嚶有韻	chūnshuǐ cóngcóng 春水 淙淙

❸ 發音分辨

（一）翹舌音、平舌音、舌面音聲母分辨（zh ch sh /z c s /j q x）

只有水的**世界**	zhǐyǒu shuǐ shìjiè 只有 水 世界
一**陣**颱風**襲**過	yí zhèn xíguò 一 陣 襲過
呈現出春草的鵝黃	chéngxiàn chū chūncǎo 呈現 出 春草
把**從祖**國帶來的**鮮**美的魚肉分給它**吃**	cóng zǔguó xiānměi chī 從 祖國 鮮美 吃
當第一**束**陽光**射進舷窗時**	dì-yī shù shèjìn xiánchuāng shí 第一 束 射進 舷窗 時
嬌巧的**小嘴**，**啄**理**着**綠**色**的羽毛	jiāoqiǎo xiǎozuǐ zhuólǐzhe lǜsè 嬌巧 小嘴 啄理着 綠色
油亮的羽毛**失去**了光**澤**	shīqù guāngzé 失去 光澤

（二）前鼻韻母、後鼻韻母分辨（-n /-ng）

小鳥**張開翅膀**	zhāngkāi chìbǎng 張開 翅膀
它乖乖地落在**掌心**	zhǎngxīn 掌心
可愛的小鳥和**善**良的水手結**成**了**朋**友	shànliáng jiéchéng péngyou 善良 結成 朋友
小鳥和水手的**感情**日趨篤厚	gǎnqíng 感情
小鳥給**遠航生**活**蒙上**了**一層浪漫**色調	yuǎnháng shēnghuó méng·shàng 遠航 生活 蒙上 yìcéng làngmàn 一層 浪漫

（三）n 聲母、l 聲母分辨

沒有**一縷**炊煙	yì lǚ 一 縷
許是**累了**	lèi le 累 了
水手**攆**它它不走	niǎn 攆
可愛的小**鳥**和善**良**的水手結成**了**朋友	xiǎoniǎo shànliáng 小鳥 善良
戀戀不捨地想把它帶到異鄉	liànliàn-bùshě 戀戀不捨
蒙上**了**一層**浪**漫色調	làngmàn 浪漫
油**亮**的羽毛失去**了**光澤	yóuliàng 油亮

（四）一字聲調練習（按照實際讀出的聲調注音）

一陣颱風襲過	yí zhèn 一 陣
一隻孤單的小鳥無家可歸	yì zhī 一 隻
"噗啦"**一**聲落到了船上	yì shēng 一 聲
把分到的**一**塑料筒淡水勻給它喝	yí sùliàotǒng 一 塑料筒

當第**一**束陽光射進舷窗時	dì-yī shù 第一 束（序數讀原調）
小鳥給遠航生活蒙上了**一**層浪漫色調	yì céng 一 層

（五）不字聲調練習（按照實際讀出的聲調注音）

它毫**不**慳吝地把自己的藝術青春	háobù qiānlìn 毫不 慳吝
人們愛**不**釋手	àibúshìshǒu 愛不釋手
給水，**不**喝！餵肉，**不**吃	bù hē bù chī 不 喝 不 吃

作品 23 號《課不能停》

1 重點句、段練習

參考句中停頓的提示，把握朗讀時的流暢度

（1）
Niǔyuē de dōngtiān cháng yǒu dà fēngxuě pūmiàn de xuěhuā búdàn lìng
紐約 的 冬天 / 常 有 大 風雪 ， 撲面 的 雪花 / 不但 令
rén nányǐ zhēngkāi yǎnjing shènzhì hūxī dōu huì xīrù bīnglěng de xuěhuā
人 難以 睜開 眼睛 ， 甚至 呼吸 / 都 會 吸入 / 冰冷 的 雪花 。

（2）
Lǎoshī zé yídàzǎo jiù kǒuzhōng pēnzhe rèqì chǎnqù chēzi qiánhòu de
老師 / 則 一大早 就 口中 / 噴着 熱氣，鏟去 / 車子 前後 的
jīxuě xiǎoxīn-yìyì de kāichē qù xuéxiào
積雪，小心翼翼 地 / 開車 去 學校 。

（3）
Jù tǒngjì shí nián lái Niǔyuē de gōnglì xiǎoxué zhǐ yīn·wèi chāojí
據 統計，十 年 來 / 紐約 的 公立 小學 / 只 因為 / 超級
bàofēngxuě tíngguo qī cì kè zhè shì duōme lìng rén jīngyà de shì
暴風雪 / 停過 七 次 課。這 是 多麼 令 人 驚訝 的 事。
Fàndezháo zài dà·rén dōu wúxū shàngbān de shíhou ràng háizi qù xuéxiào
犯得着 / 在 大人 都 無須 上班 的 時候 / 讓 孩子 去 學校
ma
嗎？

❷ 詞語練習

（一）難讀字詞認記

撲面的雪花不但令人難以睜開眼睛，甚至**呼吸**都會吸入冰冷的雪花	pūmiàn 撲面 hūxī 呼吸
第二天**拉開**窗簾	lākāi 拉開
因為**超級**暴風雪停過七次課	chāojí 超級
滿口**道歉**	dàoqiàn 道歉
受一天凍，**捱**一天餓	ái 捱

（二）必讀輕聲詞、一般輕讀詞練習（一般輕讀詞的輕讀音節，注音前加圓點作標記）

撲面**的**雪花不但令人難以睜開**眼睛**	yǎnjing 眼睛
連門都推**不**開**了**	tuī·bùkāi 推不開
因為超級暴風雪停**過**七次課	yīn·wèi 因為 tíngguo 停過
這是**多麼**令人驚訝**的**事	duōme 多麼
犯得着在**大人**都無須上班**的時候**讓**孩子**去學校**嗎**	dà·rén 大人 shíhou 時候 háizi 孩子
學校**告訴**家長	gàosu 告訴
後者**白天**開**不**起暖氣，供**不**起午餐	bái·tiān 白天 kāi·bùqǐ 開不起 gōng·bùqǐ 供不起

（三）多音字分辨

口中**噴**着熱氣	pēnzhe pènxiāng 噴着 / 噴香
小學的老師也太**倒**霉了吧	dǎoméi dàotuì 倒霉 / 倒退
老師們**寧**願自己苦一點兒	nìngyuàn níngjìng 寧願 / 寧靜
可以多拿些回家**當晚餐**	dàng wǎncān dāngzhōng 當 晚餐 / 當中

（四）四字詞

jīxuě yíng chǐ 積雪 盈 尺	lìng rén bùjiě 令 人 不解
xiǎoxīn-yìyì 小心翼翼	nùqì-chōngchōng 怒氣沖沖
xiàoróng mǎnmiàn 笑容 滿面	bǎiwàn fùwēng 百萬 富翁

3 發音分辨

（一）翹舌音、平舌音、舌面音聲母分辨（zh ch sh /z c s / j q x）

甚至呼**吸**都會**吸**入冰冷的**雪**花	shènzhì hūxī xīrù xuěhuā 甚至 呼吸 吸入 雪花
鏟去車子前後的**積雪**	chǎnqù chēzi qiánhòu jīxuě 鏟去 車子 前後 積雪
據統**計**，**十**年來紐約的公立**小學只**因為**超級**暴風**雪**停過**七次**課	jù tǒngjì shí xiǎoxué zhǐ 據 統計 十 小學 只 chāojí qī cì 超級 七 次
最後**笑**容滿面地掛**上**電話	zuìhòu xiàoróng guà·shàng 最後 笑容 掛上
學校告**訴家長**	xuéxiào gàosu jiāzhǎng 學校 告訴 家長
窮孩**子就**受一天凍	qióng háizi jiù 窮 孩子 就

（二）前鼻韻母、後鼻韻母分辨（-n /-ng）

商店常會**停**止**上班**	shāngdiàn cháng tíngzhǐ shàngbān 商店 常 停止 上班
惟有**公**立小學，**仍然**開**放**	gōnglì réngrán kāifàng 公立 仍然 開放
反應全一**樣**	fǎnyìng quán yíyàng 反應 全 一樣
但也有不少**貧困**的家**庭**	dàn pínkùn jiātíng 但 貧困 家庭
甚至可以多拿些回家**當晚餐**	shènzhì dàng wǎncān 甚至 當 晚餐

（三）n 聲母、l 聲母分辨

令人**難**以睜開眼睛	lìng rén nányǐ 令 人 難以
冰**冷**的雪花	bīnglěng 冰冷
還是一片晴**朗**	qínglǎng 晴朗
艱**難**地在**路**邊接孩子	jiānnán lùbiān 艱難 路邊
十**年來紐**約的公立小學	shí nián lái Niǔyuē 十 年 來 紐約
先是**怒**氣沖沖地責問	nùqì-chōngchōng 怒氣沖沖
所以**老**師們**寧**願自己苦一點兒，也不**能**停課	lǎoshī nìngyuàn bùnéng 老師 寧願 不能
白天開不起**暖**氣	nuǎnqì 暖氣

（四）一字聲調練習（按照實際讀出的聲調注音）

前**一**天晚上還是**一**片晴朗	yì tiān yí piàn 一 天 一 片
老師則**一**大早就口中噴着熱氣	yídàzǎo 一大早
所以老師們寧願自己苦**一**點兒	yìdiǎnr 一點兒

（五）不字聲調練習（按照實際讀出的聲調注音）

但令人**不**解的是	bùjiě 不解
每逢大雪而小學**不**停課時	bù tíngkè 不 停課
但也有**不**少貧困的家庭	bùshǎo 不少
也**不**能停課	bùnéng 不能

作品 24 號《蓮花和櫻花》

1 重點句、段練習

參考句中停頓的提示，把握朗讀時的流暢度

（1） Shí nián zài lìshǐ ·shàng bùguò shì yí shùnjiān Zhǐyào shāo jiā zhùyì
十 年 ，在 歷史 上 / 不過 是 一 瞬間 。只要 稍 加 注意，
rénmen jiù huì fāxiàn Zài zhè yí shùnjiān ·lǐ gè zhǒng shìwù dōu qiāoqiāo
人們 就 會 發現：在 這 一 瞬間 裏，各 種 事物 / 都 悄悄
jīnglìle zìjǐ de qiānbiàn-wànhuà
經歷了 / 自己 的 / 千變萬化 。

（2） Wǒ chóngyóule wèi zhī gǎnshòu hěn shēn de Táng Zhāotísì zài sìnèi gè
我 重遊了 / 為 之 感受 很 深 的 / 唐 / 招提寺，在 寺內 各
chù cōngcōng zǒule yí biàn tíngyuàn yījiù dàn yìxiǎngbúdào hái
處 / 匆匆 走了 一 遍 ， 庭院 依舊， 但 意想不到 / 還
kàndàole yìxiē xīn de dōngxi
看到了 一些 新 的 東西 。

（3） Wǒ xīwàng zhèyàng yì zhǒng shèngkuàng yánxù bù shuāi Kěnéng yǒu rén
我 希望 / 這樣 一 種 盛況 / 延續 不 衰 。 可能 有 人
bù xīnshǎng huā dàn jué búhuì yǒu rén xīnshǎng luò zài zìjǐ miànqián
/ 不 欣賞 花 ， 但 決 不會 有 人 / 欣賞 / 落 在 / 自己 面前
de pàodàn
的 炮彈 。

2 詞語練習

（一）難讀字詞認記

在**寺內**各處匆匆走了一遍	sìnèi 寺內
近幾年從中國**移植**來的“**友誼**之蓮”	yízhí yǒuyì 移植 友誼
存放鑒真**遺像**的那個**院子**	yíxiàng yuànzi 遺像 院子
翠綠的**寬大**荷葉	kuāndà 寬大
我希望這樣一種**盛況**延續**不衰**	shèngkuàng bù shuāi 盛況 不 衰
矚目於未來的人們必將獲得未來	zhǔmù 矚目

（二）必讀輕聲詞、一般輕讀詞練習（一般輕讀詞的輕讀音節，注音前加圓點作標記）

還看到**了**一些新**的東西**	dōngxi 東西
荷花朵朵已變為**蓮蓬**纍纍	liánpeng 蓮蓬
看**來已經**成熟**了**	kàn·lái yǐ·jīng 看來 已經
在這些**日子裏**	rìzi ·lǐ 日子 裏

（三）多音字分辨

我**禁**不住想	jīn·búzhù jìnzhǐ 禁不住 / 禁止
又**結**識了一些新朋友	jiéshí jiēshi 結識 / 結實
那還用得**着**問嗎	yòngdezháo zhuóluò kànzhe 用得着 / 着落 / 看着
荷花朵朵已變為蓮蓬**纍纍**	liánpeng léiléi zuìxíng lěilěi 蓮蓬 纍纍 / 罪行 纍纍

（四）四字詞

qiānbiàn-wànhuà 千變萬化	ángrán tǐnglì 昂然 挺立
yíngfēng ér wǔ 迎風 而 舞	liánpeng léiléi 蓮蓬 纍纍
yánxù bù shuāi 延續 不 衰	

（五）人名、專名

Nàiliáng 奈良	Táng Zhāotísì 唐 招提寺
Jiànzhēn 鑒真	

3 發音分辨

（一）翹舌音、平舌音、舌面音聲母分辨（zh ch sh / z c s / j q x）

各**種事**物都**悄悄經**歷了**自己**的**千**變萬化	gè zhǒng shìwù qiāoqiāo 各 種 事物 悄悄 jīnglì zìjǐ qiānbiàn-wànhuà 經歷 自己 千變萬化
這次重新訪日，我**處處**感到**親切**和熟**悉**	zhè cì chóngxīn chùchù 這 次 重新 處處 qīnqiè shú·xī 親切 熟悉
大**家喜**歡**涉及**的話題**之**一	dàjiā xǐhuan shèjí zhīyī 大家 喜歡 涉及 之一

（二）前鼻韻母、後鼻韻母分辨（-n /-ng）

我**重**遊了為之**感**受**很深**的**唐**招提寺	chóngyóu　gǎnshòu　hěn shēn　Táng 重遊　感受　很 深　唐
幾株**中**國**蓮昂然挺**立	Zhōngguó lián　ángrán tǐnglì 中國　蓮　昂然 挺立
日**本**的**櫻**花開在**中**國，這不是偶**然**	Rìběn　yīnghuā　ǒurán 日本　櫻花　偶然
我希**望**這**樣**　**種盛**況**延**續不衰	xīwàng　zhèyàng　yìzhǒng 希望　這樣　一種 shèngkuàng　yánxù 盛況　延續
可**能**有人不**欣賞**花	kěnéng　xīnshǎng 可能　欣賞

（三）n 聲母、l 聲母分辨

十年，在**歷**史上不過是一瞬間	shí nián　lìshǐ 十 年　歷史
就**拿奈良**的一個角**落來**說吧	ná　Nàiliáng　jiǎoluò　lái shuō 拿　奈良　角落　來 說
荷花朵朵已變為**蓮蓬纍纍**	liánpeng　léiléi 蓮蓬　纍纍
矚目於未**來**的人們	wèilái 未來

（四）一字聲調練習（按照實際讀出的聲調注音）

在這**一**瞬間裏	yí shùnjiān 一 瞬間
在寺內各處匆匆走了**一**遍	yí biàn 一 遍
其中之**一**	zhīyī 之一（數目讀原調）
希望這樣**一**種盛況延續不衰	yì zhǒng 一 種
又結識了**一**些新朋友	yìxiē 一些

（五）不字聲調練習（按照實際讀出的聲調注音）

在歷史上**不**過是一瞬間	búguò 不過
可能有人**不**欣賞花	bù xīnshǎng 不 欣賞
但決**不**會有人欣賞	jué búhuì 決 不會
我看到了**不**少多年**不**見的老朋友	bùshǎo bú jiàn 不少 不 見
我**不**例外	bú lìwài 不 例外

作品 25 號《綠》

❶ 重點句、段練習

參考句中停頓的提示，把握朗讀時的流暢度

（1）Méiyǔtán shǎnshǎn de lǜsè zhāoyǐnzhe wǒmen wǒmen kāishǐ zhuīzhuō tā
梅雨潭／閃閃 的 綠色／招引着 我們 ，我們 開始／追捉 她
nà líhé de shénguāng le
那／離合 的 神光 了。

（2）Wǒ yòu céng jiànguo Hángzhōu Hǔpáosì jìnpáng gāojùn ér shēnmì de
我／又 曾 見過／ 杭州 虎跑寺 近旁／高峻 而 深密 的
lǜbì cóngdiézhe wúqióng de bìcǎo yǔ lǜyè de nà yòu sìhū
"綠壁"，叢疊着／無窮 的 碧草／與 綠葉 的，那 又 似乎／
tài nóng le
太 濃 了。

（3）Dàyuē tán shì hěn shēn de gù néng yùnxùzhe zhèyàng qíyì de lǜ fǎngfú
大約／潭 是 很 深 的，故 能 蘊蓄着／ 這樣 奇異 的 綠；彷彿／
wèilán de tiān róngle yí kuài zài lǐ·miàn shìde zhè cái zhèbān de xiānrùn a
蔚藍 的 天／融了 一 塊 在 裏面 似的，這 才／這般 的 鮮潤 啊。

❷ 詞語練習

（一）難讀字詞認記

追捉她那離合的神光	zhuīzhuō 追捉
鞠躬過了一個**石穹門**	jūgōng　shíqióngmén 鞠躬　石穹門
瀑布在**襟袖**之間	pùbù　jīnxiù 瀑布　襟袖
我想張開**兩臂**抱住她	liǎngbì 兩臂
她鬆鬆的**皺纈**着，像少婦拖着的**裙幅**	zhòuxié　qúnfú 皺纈　裙幅
她又不雜些**塵滓**，宛然一塊**溫潤**的碧玉	chénzǐ　wēnrùn 塵滓　溫潤
高峻而深密的**綠壁**	gāojùn　lǜbì 高峻　綠壁
我將什麼來**比擬**你呢	bǐnǐ 比擬
蘊蓄着這樣奇異的綠	yùnxù 蘊蓄

（二）必讀輕聲詞、一般輕讀詞練習（一般輕讀詞的輕讀音節，注音前加圓點作標記）

揪**着**草，攀**着**亂石	jiūzhe　pānzhe 揪着　攀着
小心控身下**去**	xiǎo·xīn　xià·qù 小心　下去
但我**的**心中已**沒有**瀑布**了**	méi·yǒu 沒有
望到**那面**，居然覺**着**有些遠**呢**	nà·miàn 那面
脫**不了**鵝黃**的底子**	tuō·bùliǎo　dǐzi 脫不了　底子
我**怎麼**比擬**得**出**呢**	zěnme 怎麼

（三）多音字分辨

似乎太淡了	sìhū 似乎 / shìde 似的
彷彿蔚藍的天融了一塊在裏面**似**的	
杭州虎**跑**寺	Hǔpáosì 虎跑寺 / pǎobù 跑步

（四）人名、專名

MéiyǔTán 梅雨潭	Shíchàhǎi 什剎海
Hǔpáosì 虎跑寺	XīHú 西湖
Qínhuái Hé 秦淮 河	

3 發音分辨

（一）翹舌音、平舌音、舌面音聲母分辨（zh ch sh / z c s / j q x）

揪着草，小心探**身下去**	jiūzhe 揪着 cǎo 草 xiǎoxīn 小心 tànshēn 探身 xià·qù 下去
居然**覺着**有**些**遠呢	jūrán 居然 juézhe 覺着 xiē 些
瀑布**在襟袖之間**	zài 在 jīnxiù 襟袖 zhījiān 之間
她**鬆鬆**地**皺纈着**	sōngsōng 鬆鬆 de 地 zhòuxiézhe 皺纈着
像少婦拖**着**的**裙**幅	xiàng 像 shàofù 少婦 qúnfú 裙幅
她又不**雜些塵滓**	zá 雜 xiē 些 chénzǐ 塵滓
我**將贈**給那**輕**盈的舞女	jiāng 將 zènggěi 贈給 qīngyíng 輕盈

（二）前鼻韻母、後鼻韻母分辨（-n /-ng）

梅雨**潭閃閃**的綠色招**引**着我**們**	Méiyǔtán 梅雨潭　shǎnshǎn de 閃閃 的　zhāoyǐn 招引　wǒmen 我們
有雞**蛋清**那**樣軟**，那**樣嫩**	jīdànqīng 雞蛋清　nàyàng 那樣　ruǎn 軟　nèn 嫩
秦淮河的也太**暗**了	Qínhuái Hé 秦淮 河　tài àn 太 暗
宛然一塊**溫潤**的碧玉，只**清清**的一色	wǎnrán 宛然　wēnrùn 溫潤　qīngqīng de 清清 的

（三）n 聲母、l 聲母分辨

攀着**亂**石	luànshí 亂石
那醉人的**綠**呀	lǜ 綠
她滑滑的明**亮**着	míngliàng 明亮
那又似乎太**濃了**	tài nóng 太 濃
我將什麼**來**比**擬你呢**	lái 來　bǐnǐ 比擬　nǐ 你　ne 呢

（四）一字聲調練習（按照實際讀出的聲調注音）

便到了汪汪**一**碧的潭邊了	wāngwāng 汪汪　yí 一　bì 碧
彷彿**一**張極大極大的荷葉鋪着	yì 一　zhāng 張
像塗了“明油”**一**般	yìbān 一般
宛然**一**塊溫潤的碧玉	yí 一　kuài 塊
只清清的**一**色	yí 一　sè 色

（五）不字聲調練習（按照實際讀出的聲調注音）

她又**不**雜些兒塵滓	bù zá 不 雜
你卻看**不**透她	kàn·bútòu 看不透
脱**不**了鵝黃的底子	tuō·bùliǎo 脱不了

作品 26 號《落花生》

❶ 重點句、段練習

參考句中停頓的提示，把握朗讀時的流暢度

Wǒmen jiā de hòuyuán yǒu bàn mǔ kòngdì mǔ·qīn shuō Ràng tā huāngzhe
（1）我們 家 的 後園 / 有 半 畝 空地，母親 說 ：“ 讓 它 荒着 /
guài kěxī de nǐmen nàme ài chī huāshēng jiù kāipì chū·lái zhòng
怪 可惜 的，你們 那麼 愛 吃 花生 ，就 開闢 出來 / 種
huāshēng ba
花生 吧。”

Mǔ·qīn bǎ huāshēng zuòchéngle hǎo jǐ yàng shípǐn hái fēn·fù jiù zài hòuyuán
（2）母親 / 把 花生 做成了 好 幾 樣 食品，還 吩咐 / 就 在 後園
de máotíng ·lǐ guò zhège jié
的 茅亭 裏 / 過 這個 節。

Tā de guǒshí mái zài dì·lǐ bù xiàng táozi shíliu píngguǒ nàyàng bǎ
（3）它 的 果實 / 埋 在 地裏，不 像 桃子、石榴、 蘋果 那樣 ，把
xiānhóng nènlǜ de guǒshí gāogāo de guà zài zhītóu ·shàng shǐ rén yí jiàn
鮮紅 嫩綠 的 果實 / 高高 地 掛 在 枝頭 上 ，使 人 一 見 /
jiù shēng àimù zhī xīn Nǐmen kàn tā ǎi'ǎi de zhǎng zài dì·shàng děngdào
就 生 愛慕 之 心。你們 看 它 矮矮 地 / 長 在 地上 ， 等到
chéngshú le yě bùnéng lìkè fēnbiàn chū·lái tā yǒu méi·yǒu guǒshí bìxū
成熟 了，也 不能 立刻 分辨 出來 / 它 有 沒有 果實 ，必須
wā chū·lái cái zhī·dào
挖 出來 才 知道 。

2 詞語練習

（一）難讀字詞認記

我們家的後園有**半畝**空地	bàn mǔ 半 畝
買種，翻地，播種，**澆水**，沒過幾個月，居然**收穫**了	jiāoshuǐ 澆水　shōuhuò 收穫
花生可以**榨油**	zhàyóu 榨油
鮮紅嫩綠的果實	xiānhóng 鮮紅　nènlǜ 嫩綠
使人一見就生**愛慕**之心	àimù 愛慕
它**矮矮地**長在地上	ǎi'ǎi de 矮矮 地

（二）必讀輕聲詞、一般輕讀詞練習（一般輕讀詞的輕讀音節，注音前加圓點作標記）

請**你們父親**也來**嚐嚐**我**們的**新花生	nǐmen 你們　fù·qīn 父親　chángchang 嚐嚐
吩咐就在後園**的**茅亭**裏**過**這個**節	fēn·fù 吩咐　zhège 這個
我們爭**着答應**	dāying 答應
花生**的價錢便宜**，誰都可以買**來**吃，誰都**喜歡**吃	jià·qián 價錢　piányi 便宜 mǎi·lái 買來　xǐhuan 喜歡
這就是它**的好處**	hǎo·chù 好處
它**的**果實埋在地**裏**，不像**桃子**、**石榴**、蘋果那樣	dì·lǐ 地裏　táozi 桃子　shíliu 石榴
必須挖出**來**才**知道**	zhī·dào 知道
不是外表好看而**沒有**實用**的東西**	méi·yǒu 沒有　dōngxi 東西

（三）多音字分辨

半畝**空**地	kòng dì　kōnghuà 空 地／空話
買**種**，翻地，播**種**，澆水	mǎizhǒng　bōzhǒng　gēngzhòng 買種　播種／耕種
我們爭着**答**應	dāying　huídá 答應／回答
誰能把花生的好**處**說出來	hǎo·chù　xiāngchǔ 好處／相處
它的果實**埋**在地裏	mái zài　mányuàn 埋 在／埋怨

3 發音分辨

（一）翹舌音、平舌音、舌面音聲母分辨（zh ch sh /z c s /j q x）

就開闢**出**來**種**花**生**吧	jiù　chū·lái　zhòng　huāshēng 就　出來　種　花生
母**親說**：“**今**晚我們過一個**收**穫**節**……”	mǔ·qīn　shuō　jīnwǎn　shōuhuòjié 母親　說　今晚　收穫節
花**生**的**價錢**便宜	jià·qián 價錢
這就是它的好**處**	zhè　jiùshì　hǎo·chù 這　就是　好處
把**鮮**紅嫩綠的果**實**高高地掛**在枝**頭**上**	xiānhóng　guǒshí　zài　zhītóu　·shàng 鮮紅　果實　在 枝頭　上

（二）前鼻韻母、後鼻韻母分辨（-n /-ng）

我**們**姐弟幾個都**很**高**興**	wǒmen　hěn gāoxìng 我們　很 高興
請你**們**父**親**也來**嚐嚐**我**們**的**新**花**生**	qǐng　fù·qīn　chángchang　xīn　huāshēng 請　父親　嚐嚐　新　花生
母**親**把花**生**做**成**了好幾**樣**食**品**	zuòchéng　hǎo　jǐ　yàng　shípǐn 做成　好 幾 樣　食品
晚上天色不太好	wǎnshang　tiānsè 晚上　天色

（三）n 聲母、l 聲母分辨

實在很**難**得	nándé 難得
誰**能**把花生的好處說出**來**	néng chū·lái 能 出來
不像桃子、石**榴**、蘋果**那**樣	shíliu nàyàng 石榴 那樣
鮮紅**嫩綠**的果實	nènlǜ 嫩綠

（四）一字聲調練習（按照實際讀出的聲調注音）

今晚我們過**一**個收穫節	yí gè 一 個
有**一**樣最可貴	yíyàng 一樣
使人**一**見就生愛慕之心	yí jiàn 一 見

（五）不字聲調練習（按照實際讀出的聲調注音）

好**不**好	hǎo·bùhǎo 好不好
不是外表好看而沒有實用的東西	bú shì 不 是
不像桃子、石榴	bú xiàng 不 像
也**不**能立刻分辨出來	bùnéng 不能
不要做	búyào 不要
它雖然**不**好看	bù hǎokàn 不 好看

作品 27 號《麻雀》

❶ 重點句、段練習

參考句中停頓的提示，把握朗讀時的流暢度

（1） Wǒ dǎliè guīlái yánzhe huāyuán de línyīnlù zǒuzhe gǒu pǎo zài wǒ qián·biān
我 打獵 歸來，沿着 花園 的 林陰路 走着 ，狗/ 跑 在 我 前邊 。
Tūrān gǒu fàngmàn jiǎobù nièzú-qiánxíng hǎoxiàng xiùdàole qián·biān
突然， 狗 放慢 腳步， 躡足潛行 ， 好像 嗅到了 前邊 /
yǒu shénme yěwù
有 什麼 野物。

（2） Hūrān cóng fùjìn yì kē shù ·shàng fēi·xià yì zhī hēi xiōngpú de lǎo máquè
忽然 從 附近 一 棵 樹 上 / 飛下 一 隻 黑 胸脯 的 老 麻雀 ，
xiàng yì kē shízǐ shìde luòdào gǒu de gēn·qián
像 一 顆 石子 似的 / 落到 狗 的 跟前 。

（3） Zài tā kànlái gǒu gāi shì duōme pángdà de guàiwu a Rán'ér tā háishì
在 它 看來，狗 該 是 多麼 龐大 的 怪物 啊！然而 / 它 還是
bùnéng zhàn zài zìjǐ gāogāo de ānquán de shùzhī ·shàng yì zhǒng bǐ
不能 站 在 自己 / 高高 的、安全 的 樹枝 上 ……一 種 比
tā de lǐzhì gèng qiángliè de lì·liàng shǐ tā cóng nàr pū·xià shēn ·lái
它 的 理智 更 強烈 的 力量 ，使 它 從 那兒 / 撲下 身 來。

❷ 詞語練習

（一）難讀字詞認記

好像**嗅到**了前邊有什麼野物	xiùdào 嗅到
頭上生着**柔毛**的小**麻雀**	róumáo　máquè 柔毛　麻雀
林陰路上的**白樺樹**	báihuàshù 白樺樹
老麻雀是**猛撲**下來救護幼雀的	měng　pū 猛　撲
它用身體**掩護**着自己的**幼兒**	yǎnhù　yòu'ér 掩護　幼兒（不讀兒化）
因恐怖而**戰慄**着	zhànlì 戰慄
我懷着**崇敬**的心情	chóngjìng 崇敬

（二）必讀輕聲詞、一般輕讀詞練習（一般輕讀詞的輕讀音節，注音前加圓點作標記）

好像嗅到**了**前**邊**有**什麼**野物	qián·biān　shénme 前邊　什麼
看見了一隻嘴邊還帶黃色	kàn·jiàn 看見
像一顆石子似**的**落到狗**的跟前**	gēn·qián 跟前
一種比它**的**理智更強烈**的力量**	lì·liàng 力量
狗該是**多麼**龐大**的怪物啊**	duōme　guàiwu 多麼　怪物
英勇的**鳥兒**	niǎo'er 鳥兒（不讀兒化）

（三）兒化詞練習

從**那兒**撲下身來	nàr 那兒

（四）多音字分辨

全身**倒**豎着羽毛	dàoshù 倒豎 / dǎotā 倒塌
露出牙齒	lòuchū 露出 / bàolù 暴露

（五）四字詞

nièzú-qiánxíng 躡足潛行	gūlì wúyuán 孤立 無援
jīngkǒng-wànzhuàng 驚恐萬狀	cūbào sīyǎ 粗暴 嘶啞
jīnghuāng-shīcuò 驚慌失措	

③ 發音分辨

（一）翹舌音、平舌音、舌面音聲母分辨（zh ch sh /z c s /j q x）

麻**雀從巢**裏跌落**下**來	máquè 麻雀 cóng 從 cháo 巢 ·lǐ 裏 xià·lái 下來
老麻**雀全身**倒**豎着**羽毛	quánshēn 全身 dàoshùzhe 倒豎着
接着向露**出**牙**齒**、大**張着**的狗**嘴**撲**去**	jiēzhe 接着 lùchū 露出 yáchǐ 牙齒 zhāngzhe 張着 gǒuzuǐ 狗嘴 pū·qù 撲去
救護幼**雀**	jiùhù 救護
它**在犧牲自己**	zài 在 xīshēng 犧牲 zìjǐ 自己
請不要**見笑**	qǐng 請 jiànxiào 見笑

（二）前鼻韻母、後鼻韻母分辨（-n /-ng）

我**順**着**林陰**路**望**去	shùnzhe 順着　línyīn 林陰　wàng·qù 望去
張開**兩**隻羽毛還未**豐滿**的小翅**膀**	zhāngkāi 張開　liǎng zhī 兩 隻　fēngmǎn 豐滿　chìbǎng 翅膀
但它**整**個小小的**身**體**因**恐怖而**戰**慄着	dàn 但　zhěnggè 整個　shēntǐ 身體　yīn 因　zhànlì 戰慄
然後我懷着**崇敬**的**心情**，走開了	ránhòu 然後　chóngjìng 崇敬　xīnqíng 心情

（三）n 聲母、l 聲母分辨

我打**獵**歸**來**	dǎliè 打獵　guīlái 歸來
風猛**烈**地吹打着**林**陰**路**上的白樺樹	měngliè 猛烈　línyīnlù 林陰路
麻雀從巢裏跌**落**下**來**	diēluò 跌落
黑胸脯的**老**麻雀	lǎo máquè 老 麻雀
比它的**理**智更強**烈**的**力**量	lǐzhì 理智　qiángliè 強烈　lì·liàng 力量

（四）一字變調練習（按照實際讀出的聲調注音）

從附近**一**棵樹上飛下**一**隻黑胸脯的老麻雀	yì kē 一 棵　yì zhī 一 隻
像**一**顆石子似的落到狗的跟前	yì kē 一 顆
一種比它的理智更強烈的力量	yì zhǒng 一 種

（五）不字變調練習（按照實際讀出的聲調注音）

還是**不**能站在自己高高的、安全的樹枝上	bùnéng 不能
請**不**要見笑	búyào 不要

作品 28 號《迷途笛音》

❶ 重點句、段練習

參考句中停頓的提示，把握朗讀時的流暢度

（1） Nà nián wǒ liù suì Lí wǒ jiā jǐn yí jiàn zhī yáo de xiǎo shānpō páng yǒu
那 年 / 我 六 歲。離 我 家 僅 一 箭 之 遙 的 小 山坡 旁 ，有
yí gè zǎo yǐ bèi fèiqì de cǎishíchǎng shuāngqīn cónglái bùzhǔn wǒ qù
一 個 / 早 已 被 廢棄 的 採石場 ， 雙親 / 從來 不准 我 去
nàr qíshí nàr fēngjǐng shífēn mírén
那兒，其實 / 那兒 風景 十分 迷人。

（2） Wǒ jīnghuāng-shīcuò de fāxiàn zài yě zhǎo·búdào yào huíjiā de nà tiáo
我 驚慌失措 地 發現，再 也 找不到 / 要 回家 的 / 那 條
gūjì de xiǎodào le
孤寂 的 小道 了。

（3） Kǎtíng biān xuē biān bùshí bǎ shàng wèi chéngxíng de liǔdí fàng zài zuǐ·lǐ
卡廷 / 邊 削 / 邊 不時 把 尚 未 成形 的 柳笛 / 放 在 嘴裏
shìchuī yíxià
試吹 一下。

② 詞語練習

（一）難讀字詞認記

一個**夏季**的下午	xiàjì 夏季
我們穿越了一條**孤寂**的小路	gūjì 孤寂
衣褲上掛滿了**芒刺**	yīkù　mángcì 衣褲　芒刺
突然，不遠處傳來了**聲聲柳笛**	tūrán　shēngshēng　liǔdí 突然　聲聲　柳笛
急忙循聲走去	jímáng　xúnshēng 急忙　循聲
一條小道邊的**樹樁**上	shùzhuāng 樹樁

（二）必讀輕聲詞、一般輕讀詞練習（一般輕讀詞的輕讀音節，注音前加圓點作標記）

像隻無頭**的蒼蠅**	cāngying 蒼蠅
太陽**已經**落山	yǐ·jīng 已經
手**裏**還正削**着什麼**	shǒu·lǐ　shénme 手裏　什麼
差**不多**就要做好**了**	chà·bùduō 差不多

（三）兒化詞練習

我隨着一群**小夥伴**（兒）偷偷上**那兒**去了	xiǎohuǒbànr　nàr 小夥伴　那兒
被大家稱為“**鄉巴佬兒**”的卡廷	xiāngbalǎor 鄉巴佬兒

（四）多音字分辨

我到處亂**鑽**	luàn zuān zuànshí 亂 鑽 / 鑽石
我正在**削**一支柳笛	zhèngzài xiāo bōxuē 正在 削 / 剝削

（五）四字詞

yí jiàn zhī yáo 一 箭 之 遙	jīnghuāng-shīcuò 驚慌失措
cǐshí cǐkè 此時 此刻	shàng wèi chéngxíng 尚 未 成形
qīngcuì yuè'ěr 清脆 悅耳	

（六）人名、專名

Kǎtíng 卡廷

3 發音分辨

（一）翹舌音、平舌音、舌面音聲母分辨（zh ch sh / z c s / j q x）

有一個**早**已被**廢棄**的**採石場**	zǎo fèiqì cǎishíchǎng 早 廢棄 採石場
雙親從來不**准**我**去**那兒	shuāngqīn cónglái bùzhǔn qù 雙親 從來 不准 去
我**像找**到了**救星**，急忙**循聲走去**	xiàng zhǎodào jiùxīng xúnshēng 像 找到 救星 循聲
樹樁上坐着一位**吹**笛人	shùzhuāng ·shàng zuòzhe chuīdí 樹樁 上 坐着 吹笛
走近細看	zǒujìn xì kàn 走近 細 看

（二）前鼻韻母、後鼻韻母分辨（-n /-ng）

然後**奔向**“**更**危**險**的地帶”了	ránhòu 然後　bēnxiàng 奔向　gèng 更　wēixiǎn 危險
雙親正盼着我回家	shuāngqīn 雙親　zhèng 正　pànzhe 盼着
我怯**生生**地**點點**頭	qièshēngshēng 怯生生　diǎndiǎn 點點　tóu 頭
一**陣陣清**脆悦耳的笛**音**	yízhènzhèn 一陣陣　qīngcuì 清脆　díyīn 笛音

（三）n 聲母、l 聲母分辨

那年我**六**歲	nà 那　nián 年　liù 六　suì 歲
把我一個人**留**在原地	liú 留
太陽已經**落**山	luòshān 落山
傳**來了**聲聲**柳**笛	chuán·láile 傳來了　liǔdí 柳笛
請**耐**心等上幾分鐘	nàixīn 耐心

（四）一字聲調練習（按照實際讀出的聲調注音）

我隨着**一**群小夥伴偷偷上那兒去了	yì 一　qún 群
家裏**一**定開始吃晚餐了	yídìng 一定
背靠着**一**棵樹	yì 一　kē 棵
一條小道邊的樹樁上坐着**一**位吹笛人	yì 一　tiáo 條　yí 一　wèi 位
我正在削**一**支柳笛	yì 一　zhī 支
放在嘴裏試吹**一**下	yíxià 一下
我倆在**一**陣陣清脆悦耳的笛音中	yí 一　zhènzhèn 陣陣

（五）不字聲調練習（按照實際讀出的聲調注音）

再也找**不**到	zhǎo·búdào 找不到
我**不**由得背靠着一棵樹	bùyóude 不由得
他**不**就是被大家稱為"鄉巴佬"的卡廷嗎	bú jiùshì 不 就是

作品 29 號 《莫高窟》

❶ 重點句、段練習

參考句中停頓的提示，把握朗讀時的流暢度

（1）
Zài hàohàn wúyín de shāmò ·lǐ yǒu yí piàn měilì de lùzhōu lùzhōu ·lǐ
在 浩瀚 無垠 的 沙漠 裏，有 一 片 美麗 的 綠洲 ，綠洲 裏 /
cángzhe yì kē shǎnguāng de zhēnzhū Zhè kē zhēnzhū jiùshì Dūnhuáng
藏着 一 顆 / 閃光 的 珍珠 。 這 顆 珍珠 / 就是 敦煌
Mògāokū Tā zuòluò zài wǒguó Gānsù Shěng Dūnhuáng Shì Sānwēi Shān hé
莫高窟。它 / 坐落 在 我國 甘肅 省 敦煌 市 / 三危 山 / 和
Míngshā Shān de huáibào zhōng
鳴沙 山 的 懷抱 中 。

（2）
Míngshā Shān dōnglù shì píngjūn gāodù wéi shíqī mǐ de yábì Zài yìqiān
鳴沙 山 東麓 / 是 平均 高度 / 為 十七 米 的 崖壁。在 一千
liùbǎi duō mǐ cháng de yábì ·shàng záo yǒu dàxiǎo dòngkū qībǎi yú gè
六百 多 米 長 的 崖壁 上 ，鑿 有 大小 洞窟 / 七百 餘 個，
xíngchéngle guīmó hóngwěi de shíkūqún
形成了 / 規模 宏偉 的 石窟群 。

（3）
Mògāokū shì wǒguó gǔdài wúshù yìshù jiàngshī liúgěi rénlèi de zhēnguì
莫高窟 / 是 我國 古代 無數 藝術 匠師 / 留給 人類 的 / 珍貴
wénhuà yíchǎn
文化 遺產 。

❷ 詞語練習

（一）難讀字詞認記

鳴沙山**東麓**是平均高度為十七米的**崖壁**	dōnglù 東麓　yábì 崖壁
鑿有大小**洞窟**七百餘個	záo 鑿　dòngkū 洞窟
各種**壁畫**共四萬五千多平方米	bìhuà 壁畫
無數藝術**匠師**	jiàngshī 匠師
莫高窟的**彩塑**	cǎisù 彩塑
有的是**描繪**古代勞動人民打獵、**捕魚**、耕田、**收割**的情景	miáohuì 描繪　bǔyú 捕魚　shōugē 收割
有的舒展着**雙臂**	shuāngbì 雙臂

（二）必讀輕聲詞、一般輕讀詞練習（一般輕讀詞的輕讀音節，注音前加圓點作標記）

最大的有九層樓**那麼**高	nàme 那麼
有慈眉善目的**菩薩**	pú·sà 菩薩
有的反彈**琵琶**……；有的倒懸**身子**……	pí·pá 琵琶　shēnzi 身子
有的是描繪**人們**奏樂	rénmen 人們

（三）多音字分辨

藏着一顆閃光的珍珠	cángzhe 藏着 / Xīzàng 西藏
有的反**彈**琵琶	fǎn tán 反 彈 / zǐdàn 子彈
有的**倒**懸身子	dàoxuán 倒懸 / dǎotā 倒塌

（四）四字詞

hàohàn wúyín 浩瀚 無垠	wénhuà yíchǎn 文化 遺產
shéntài-gèyì 神態各異	címéi-shànmù 慈眉善目
yǐnrén-zhùmù 引人注目	bì kuà huālán 臂 挎 花籃
qīng bō yínxián 輕 撥 銀弦	cǎidài piāofú 彩帶 飄拂
màntiān áoyóu 漫天 遨遊	piānpiān-qǐwǔ 翩翩起舞

（五）人名、專名

Mògāokū 莫高窟	Gānsù Shěng 甘肅 省
Dūnhuáng Shì 敦煌 市	Sānwēi Shān 三危 山
Míngshā Shān 鳴沙 山	

❸ 發音分辨

（一）翹舌音、平舌音、舌面音聲母分辨（zh ch sh /z c s /j q x）

綠洲裏**藏着**一顆**閃**光的**珍珠**	cángzhe shǎnguāng zhēnzhū 藏着 閃光 珍珠
每一**尊**都**是**一**件精**美的藝**術**品	yì zūn shì yíjiàn jīngměi yìshùpǐn 一 尊 是 一件 精美 藝術品
這些彩塑個**性鮮**明	zhèxiē cǎisù gèxìng xiānmíng 這些 彩塑 個性 鮮明
描繪人們**奏**樂、舞蹈、演**雜技**的**場**面	zòuyuè zájì chǎngmiàn 奏樂 雜技 場面

（二）前鼻韻母、後鼻韻母分辨（-n /-ng）

形成了規模**宏**偉的石窟**群**	xíngchéng 形成　hóngwěi 宏偉　shíkūqún 石窟群
還有**強壯勇猛**的力士	qiángzhuàng 強壯　yǒngměng 勇猛
耕田、收割的**情景**	gēngtián 耕田　qíngjǐng 情景

（三）n 聲母、l 聲母分辨

美**麗**的**綠**洲	měilì 美麗　lǜzhōu 綠洲
留給人**類**的珍貴文化遺產	liúgěi 留給　rénlèi 人類
有威風**凜凜**的天王	wēifēng-lǐnlǐn 威風凜凜
內容豐富多彩	nèiróng 內容
古代**勞**動人民打**獵**	láodòng 勞動　dǎliè 打獵
走進**了**燦**爛**輝煌的藝術殿堂	cànlàn 燦爛

（四）一字聲調練習（按照實際讀出的聲調注音）

有**一**片美麗的綠洲	yí piàn 一 片
一顆閃光的珍珠	yì kē 一 顆
一千六百多米長的崖壁	yì qiān 一千
共有彩色塑像兩千**一**百餘尊	yìbǎi 一百
每**一**尊都是**一**件精美的藝術品	yì zūn 一 尊　yí jiàn 一 件

（五）不字聲調練習（按照實際讀出的聲調注音）

最小的還**不**如一個手掌大	bùrú 不如

作品 30 號《牡丹的拒絕》

1 重點句、段練習

參考句中停頓的提示，把握朗讀時的流暢度

Qíshí nǐ zài hěn jiǔ yǐqián bìng bù xǐhuan mǔ·dān yīn·wèi tā zǒng bèi
(1) 其實/你在很久以前/並不喜歡牡丹，因為/它總被
rén zuòwéi fùguì móbài Hòulái nǐ mùdǔle yí cì mǔ·dān de luòhuā nǐ
人/作為富貴膜拜。後來/你目睹了一次牡丹的落花，你
xiāngxìn suǒyǒu de rén dōu huì wéi zhī gǎndòng yí zhèn qīngfēng xúlái
相信/所有的人/都會為之感動：一陣清風徐來，
jiāoyàn xiānnèn de shèngqī mǔ·dān hūrán zhěng duǒ zhěng duǒ de zhuìluò
嬌豔鮮嫩的盛期牡丹/忽然整朵整朵地墜落，
pūsǎ yídì xuànlì de huābàn
鋪撒一地絢麗的花瓣。

Tā zūnxún zìjǐ de huāqī zìjǐ de guīlǜ tā yǒu quánlì wèi zìjǐ xuǎnzé
(2) 它遵循自己的花期/自己的規律，它有權利/為自己選擇/
měinián yí dù de shèngdà jiérì
每年一度的/盛大節日。

Rénmen bú huì yīn mǔ·dān de jùjué ér jùjué tā de měi
(3) 人們不會因牡丹的拒絕/而拒絕它的美。

❷ 詞語練習

（一）難讀字詞認記

被人作為富貴**膜拜**	móbài 膜拜
你**目睹**了一次**牡丹**的落花	mùdǔ　mǔ·dān 目睹　牡丹
一陣清風**徐來**	xúlái 徐來
整朵整朵地**墜落**，**鋪撒**一地**絢麗**的**花瓣**	zhuìluò　pūsǎ　xuànlì　huābàn 墜落　鋪撒　絢麗　花瓣
它**跨越萎頓**和**衰老**	kuàyuè　wěidùn　shuāilǎo 跨越　萎頓　衰老
繁衍出十個洛陽牡丹城	fányǎn 繁衍
在無言的**遺憾**中**感悟**到	yíhàn　gǎnwù 遺憾　感悟

（二）必讀輕聲詞、一般輕讀詞練習（一般輕讀詞的輕讀音節，注音前加圓點作標記）

其實你在很久以前並不**喜歡牡丹**	xǐhuan　mǔ·dān 喜歡　牡丹
因為它總被人作為富貴膜拜	yīn·wèi 因為
要麼爍於枝頭	yàome 要麼
它**為什麼**不拒絕寒冷	wèishénme 為什麼

（三）多音字分辨

鋪**撒**一地絢麗的花瓣	pūsǎ　sājiāo 鋪撒 / 撒嬌
任憑遊人**掃**興和詛咒	sǎoxìng　sàozhou 掃興 / 掃帚

（四）四字詞

jiāoyàn xiānnèn 嬌豔 鮮嫩	huāxiè-huābài 花謝花敗
shuòyú zhītóu 爍於 枝頭	guīyú nítǔ 歸於 泥土
jīngxīn-dòngpò 驚心動魄	ānzhī-ruòsù 安之若素
luòyì-bùjué 絡繹不絕	

❸ 發音分辨

（一）翹舌音、平舌音、舌面音聲母分辨（zh ch sh /z c s /j q x）

其實你**在**很**久以前**並不**喜**歡牡丹	qíshí zài hěn jiǔ yǐqián xǐhuan 其實 在 很 久 以前 喜歡
牡丹沒有花**謝**花敗**之時**	huāxiè-huābài zhī shí 花謝花敗 之 時
奇跡不會**發生**	qíjì fāshēng 奇跡 發生
任憑遊人**掃興**和**詛咒**	sǎoxìng zǔzhòu 掃興 詛咒
如果它**再**被貶**謫十次**	zài biǎnzhé shí cì 再 貶謫 十 次
它**遵循自己**的花**期**	zūnxún zìjǐ huāqī 遵循 自己 花期

（二）前鼻韻母、後鼻韻母分辨（-n /-ng）

低**吟**着**壯**烈的悲歌	dīyín zhuàngliè 低吟 壯烈
它雖美卻不**吝**惜**生命**	lìnxī shēngmìng 吝惜 生命
在這**陰冷**的四月裏	yīnlěng 陰冷

（三）n 聲母、l 聲母分辨

嬌豔鮮**嫩**的盛期牡丹	xiānnèn 鮮嫩
奉上祭壇的大**鳥**	dàniǎo 大鳥
要麼爍於枝頭，要麼歸於**泥**土	nítǔ 泥土
它甘願自己**冷落**自己	lěngluò 冷落
他遵循自己的花期自己的規**律**	guīlǜ 規律
花兒也是有**靈**性的	língxìng 靈性

（四）一字聲調練習（按照實際讀出的聲調注音）

一次牡丹的落花	yí cì 一 次
一陣清風	yí zhèn 一 陣
鋪撒**一**地	yí dì 一 地
一隻奉上祭壇的大鳥	yì zhī 一 隻
每年**一**度的盛大節日	yí dù 一 度
富貴與高貴只是**一**字之差	yí zì zhī chā 一 字 之 差
同人**一**樣	yíyàng 一樣

（五）不字聲調練習（按照實際讀出的聲調注音）

並**不**喜歡牡丹	bù xǐhuan 不 喜歡
它雖美卻**不**吝惜生命	bú lìnxī 不 吝惜
奇跡**不**會發生	bú huì 不 會
它**不**苟且、**不**俯就、**不**妥協、**不**媚俗	bù gǒuqiě　bù fǔjiù 不 苟且　不 俯就 bù tuǒxié　bú mèisú 不 妥協　不 媚俗
它為什麼**不**拒絕寒冷	bú jùjué 不 拒絕

作品31號《“能吞能吐”的森林》

1 重點句、段練習

參考句中停頓的提示，把握朗讀時的流暢度

（1）Sēnlín hányǎng shuǐyuán bǎochí shuǐtǔ fángzhǐ shuǐhàn zāihài de zuòyòng
森林／涵養 水源 ，保持 水土 ，防止 水旱 災害 的 作用 ／
fēicháng dà Jù zhuānjiā cèsuàn yí piàn shíwàn mǔ miànjī de sēnlín
非常 大。據／ 專家 測算 ，一 片 十萬 畝 面積 的 森林，
xiāngdāngyú yí gè liǎngbǎi wàn lìfāngmǐ de shuǐkù
相當於 一 個／ 兩百 萬 立方米 的 水庫 ，……

（2）Sēnlín mànmàn jiāng dàqì zhōng de èryǎnghuàtàn xīshōu tóngshí tǔ·chū
森林／ 慢慢 將 大氣 中 的 二氧化碳 吸收 ， 同時 ／ 吐出
xīn·xiān yǎngqì tiáojié qìwēn Zhè cái jùbèi le rénlèi shēngcún de tiáojiàn
新鮮 氧氣 ，調節 氣溫： 這 才 具備 了／人類 生存 的 條件 ，
dìqiú ·shàng cái zuìzhōng yǒule rénlèi
地球 上 ／才 最終 ／有了 人類。

（3）Sēnlín wéihù dìqiú shēngtài huánjìng de zhè zhǒng néngtūn-néngtǔ de
森林／維護 地球 生態 環境 的／這 種 “ 能吞能吐 ”的
tèshū gōngnéng shì qítā rènhé wùtǐ dōu bùnéng qǔdài de
特殊 功能 ／是 其他 任何 物體／都 不能 取代 的。

❷ 詞語練習

（一）難讀字詞認記

森林**涵養**水源	hányǎng 涵養
一片十萬**畝面積**的森林	mǔ　miànjī 畝　面積
它用另一種“能吞能吐”的**特殊**功能**孕育**了人類	tèshū　yùnyù 特殊　孕育
大氣中的二氧化碳**含量**很高	hánliàng 含量
具備了人類**生存**的條件	shēngcún 生存
排放量**急劇**增加	jíjù 急劇
引發熱浪、颶風、**暴雨**、**洪澇**及乾旱	bàoyǔ　hónglào 暴雨　洪澇

（二）必讀輕聲詞、一般輕讀詞練習（一般輕讀詞的輕讀音節，注音前加圓點作標記）

說起森林**的**功**勞**，那還多**得**很	gōng·láo　duō de hěn 功勞　多 得 很
同時吐**出**新**鮮**氧氣	tǔ·chū　xīn·xiān 吐出　新鮮
因**為**地球在形成之初	yīn·wèi 因為

（三）多音字分辨

吐出新鮮氧氣	tǔ·chū　ǒutù 吐出 / 嘔吐
因**為**地球在形成之初	yīn·wèi　wéirén 因為 / 為人
是大自然的總**調**度室	diàodùshì　tiáozhěng 調度室 / 調整

（四）四字詞

shuǐhàn zāihài 水旱 災害	shēngtài huánjìng 生態 環境
gōng·láo zhuózhù 功勞 卓著	néngtūn-néngtǔ 能吞能吐
èryǎnghuàtàn 二氧化碳	

3 發音分辨

（一）翹舌音、平舌音、舌面音聲母分辨（zh ch sh /z c s /j q x）

據專家測算	jù zhuānjiā cèsuàn 據 專家 測算
山上多**栽樹**，等於**修水**庫	shān ·shàng zāi shù xiū shuǐkù 山 上 栽 樹 修 水庫
在維護**生**態環**境**方面也**是**功勞**卓著**	shēngtài huánjìng shì zhuózhù 生態 環境 是 卓著
地**球在**形**成之初**	dìqiú zài xíngchéng zhīchū 地球 在 形成 之初
由於地**球上**的燃**燒**物**增**多，二氧化碳的排放量**急劇增加**	ránshāo jíjù zēngjiā 燃燒 急劇 增加
森林，**是**地**球生**態**系**統的**主**體，**是**大**自**然的**總**調度**室**	sēnlín xìtǒng zhǔtǐ dàzìrán 森林 系統 主體 大自然 zǒng diàodùshì 總 調度室

（二）前鼻韻母、後鼻韻母分辨（-n /-ng）

森林涵養水**源**	sēnlín hányǎng shuǐyuán 森林 涵養 水源
正如**農諺**所説的	zhèng nóngyàn 正 農諺
慢慢將大氣**中**的二氧化**碳**吸收	mànmàn jiāng zhōng èryǎnghuàtàn 慢慢 將 中 二氧化碳

水**份蒸**發加快，改**變**了氣流的**循環**	shuǐfèn 水份　zhēngfā 蒸發　gǎibiàn 改變　xúnhuán 循環
從而**引**發熱**浪**、颶**風**、暴雨、**洪**澇及**乾旱**	cóng'ér 從而　yǐnfā 引發　rèlàng 熱浪　jùfēng 颶風 hónglào 洪澇　gānhàn 乾旱

（三）n 聲母、l 聲母分辨

兩百萬**立**方米	liǎngbǎi wàn 兩百 萬　lìfāng 立方
它用**另**一種“**能**吞**能**吐”的特殊功**能**孕育**了**人**類**	lìng yì zhǒng 另 一 種 néngtūn-néngtǔ 能吞能吐　rénlèi 人類
大約在四億**年**之前，**陸**地才產生**了**森**林**	sìyì 四億　nián 年　lùdì 陸地　sēnlín 森林
改變**了**氣**流**的循環	qìliú 氣流
全球氣候變**暖**	biàn nuǎn 變 暖
從而引發熱**浪**、颶風、暴雨、洪**澇**及乾旱	rèlàng 熱浪　hónglào 洪澇

（四）一字聲調練習（按照實際讀出的聲調注音）

一片十萬畝面積的森林	yí piàn 一 片
相當於**一**個兩百萬立方米的水庫	yí gè 一 個
一種“能吞能吐”的特殊功能	yì zhǒng 一 種

（五）不字聲調練習（按照實際讀出的聲調注音）

任何物體都**不**能取代	bùnéng 不能

作品 32 號《朋友和其他》

1 重點句、段練習

參考句中停頓的提示，把握朗讀時的流暢度

(1) Mùchūn shíjié yòu yāole jǐ wèi péngyou zài jiā xiǎojù Suīrán dōu shì jí
暮春 時節，又 邀了 幾 位 朋友 / 在 家 小聚。雖然 / 都 是 極
shú de péngyou què shì zhōngnián nándé yí jiàn ǒu'ěr diànhuà ·lǐ
熟 的 朋友 ，卻 是 終年 難得 一 見 ，偶爾 電話 裏
xiāngyù yě wúfēi shì jǐ jù xúnchánghuà
相遇 ，也 無非 是 幾 句 / 尋常話 。

(2) Lǎo péngyou pō néng yǐ yì zhǒng qùwèixìng de yǎnguāng xīnshǎng zhège
老 朋友 / 頗 能 以 一 種 趣味性 的 眼光 / 欣賞 這個
gǎibiàn
改變 。

(3) Niánsuì zhú zēng jiànjiàn zhèngtuō wàizài de xiànzhì yǔ shùfù kāishǐ
年歲 逐 增 ， 漸漸 掙脫 外在 的 限制 / 與 束縛，開始
dǒng·dé wèi zìjǐ huó zhào zìjǐ de fāngshì zuò yìxiē zìjǐ xǐhuan de
懂得 / 為 自己 活 ， 照 自己 的 方式 / 做 一些 / 自己 喜歡 的
shì bú zàihu bié·rén de pīpíng yì·jiàn bú zàihu bié·rén de dǐhuǐ liúyán zhǐ
事，不 在乎 別人 的 批評 意見，不 在乎 別人 的 詆譭 流言，只
zàihu nà yí fèn suíxīn-suǒyù de shūtan zìrán
在乎 / 那 一 份 隨心所欲 的 / 舒坦 自然。

❷ 詞語練習

（一）難讀字詞認記

偶爾電話裏相遇，也無非是幾句**尋常**話	ǒu'ěr 偶爾　xúncháng 尋常
一隻巷口買回的**烤鴨**	kǎoyā 烤鴨
心靈的**契合**已經不需要太多的言語來表達	qìhé 契合
恐怕**驚駭**了老人家	jīnghài 驚駭
外在的限制與**束縛**	shùfù 束縛
有一種惡作劇的**竊喜**	qièxǐ 竊喜

（二）必讀輕聲詞、一般輕讀詞練習（一般輕讀詞的輕讀音節，注音前加圓點作標記）

朋友新燙**了**個頭，不敢回家見**母親**	péngyou 朋友　mǔ·qīn 母親
恐怕驚駭**了老人家**，卻歡天喜地來見**我們**	lǎo·rén·jiā 老人家　wǒmen 我們
做一些自己**喜歡的**事	xǐhuan 喜歡
不**在乎別人的**批評**意見**	zàihu 在乎　bié·rén 別人　yì·jiàn 意見
只**在乎**那一份隨心所欲**的舒坦**自然	shūtan 舒坦

（三）多音字分辨

倒像家人團聚	dào xiàng 倒像 / dǎotā 倒塌
久而久之都會**轉**化為親情	zhuǎnhuà 轉化 / zhuànpán 轉盤
漸漸**掙**脫外在的限制與束縛	zhèngtuō 掙脫 / zhēngzhá 掙扎

（四）四字詞

huāntiān-xǐdì 歡天喜地	kǔkǒu-póxīn 苦口婆心
xúnxún-shànyòu 循循善誘	dǐhuǐ liúyán 詆譭 流言
suíxīn-suǒyù 隨心所欲	shūtan zìrán 舒坦 自然
shùn qí zìrán 順 其 自然	shuǐdào-qúchéng 水到渠成

3 發音分辨

（一）翹舌音、平舌音、舌面音聲母分辨（zh ch sh /z c s /j q x）

暮**春時**節，又邀了**幾**位朋友**在家小聚**	mùchūn shíjié jǐ wèi 暮春 時節 幾 位 zài jiā xiǎojù 在 家 小聚
簡簡單單，不**像請**客	jiǎnjiǎn-dāndān xiàng qǐngkè 簡簡單單 像 請客
說也**奇**怪，和**新**朋友會談文**學**、談**哲學**、談**人生**道理等等	shuō qíguài xīn zhéxué 說 奇怪 新 哲學 rénshēng 人生
年**歲逐增**，**漸漸掙**脫外**在**的**限制**與**束**縛	niánsuì zhú zēng jiànjiàn zhèngtuō 年歲 逐 增 漸漸 掙脫 wàizài xiànzhì shùfù 外在 限制 束縛
並**且**有一**種**惡**作劇**的**竊喜**	bìngqiě yìzhǒng èzuòjù qièxǐ 並且 一種 惡作劇 竊喜

（二）前鼻韻母、後鼻韻母分辨（-n /-ng）

朋友即將**遠行**	péngyou yuǎnxíng 朋友 遠行
心靈的契合	xīnlíng 心靈

以一**種**趣味**性**的**眼光欣賞**這個改**變**	yìzhǒng 一種 qùwèixìng 趣味性 yǎnguāng 眼光 xīnshǎng 欣賞 gǎibiàn 改變
為**循循善**誘的師**長**活，為許多**觀念**、許多**傳統**的約束力而活	xúnxún-shànyòu 循循善誘 shīzhǎng 師長 guānniàn 觀念 chuántǒng 傳統

（三）n 聲母、l 聲母分辨

終**年難**得一見	zhōngnián 終年 nándé 難得
不在乎別人的詆譭**流**言	liúyán 流言
一盤自家**釀**製的泡菜	niàngzhì 釀製
和**老**朋友卻只話家常	lǎo péngyou 老 朋友

（四）一字聲調練習（按照實際讀出的聲調注音）

卻是終年難得**一**見	yí jiàn 一 見
一鍋小米稀飯	yì guō 一 鍋
一碟大頭菜	yì dié 一 碟
一盤自家釀製的泡菜	yì pán 一 盤
自有**一**份圓融豐滿的喜悅	yí fèn 一 份
並且有**一**種惡作劇的竊喜	yì zhǒng 一 種
也能夠縱容自己放浪**一**下	yíxià 一下

（五）不字聲調練習（按照實際讀出的聲調注音）

不像請客	bú xiàng 不 像
心靈的契合已經**不**需要太多的言語來表達	bù xūyào 不 需要
不敢回家見母親	bùgǎn 不敢
不在乎別人的詆譭流言	bú zàihu 不 在乎
我們差**不**多都在為別人而活	chà·bùduō 差不多

作品 33 號《散步》

❶ 重點句、段練習

參考句中停頓的提示，把握朗讀時的流暢度

（1）
Wǒmen zài tiányě sànbù wǒ wǒ de mǔ·qīn wǒ de qī·zǐ hé érzi
我們 在 / 田野 散步：我，我 的 母親 ，我 的 妻子 / 和 兒子。

（2）
Zhè nánfāng chūchūn de tiányě dàkuài xiǎokuài de xīnlǜ suíyì de
這 / 南方 初春 的 田野，大塊 小塊 的 新綠 / 隨意 地
pūzhe tián ·lǐ de dōngshuǐ yě gūgū de qǐzhe shuǐpào Zhè yíqiè
鋪着，……田 裏 的 冬水 / 也 咕咕 地 / 起着 水泡 。 這 一切 /
dōu shǐ rén xiǎngzhe yí yàng dōngxi shēngmìng
都 使 人 / 想着 一 樣 東西 —— 生命 。

（3）
Wǒ de mǔ·qīn lǎo le tā zǎoyǐ xíguán tīngcóng tā qiángzhuàng de érzi wǒ
我 的 母親 老 了，她 早已 習慣 / 聽從 她 強壯 的 兒子；我
de érzi hái xiǎo tā hái xíguán tīngcóng tā gāodà de fù·qīn qī·zǐ ne zài
的 兒子 還 小 ，他 還 習慣 / 聽從 他 高大 的 父親；妻子 呢，在
wài·miàn tā zǒngshì tīng wǒ de Yíshàshí wǒ gǎndàole zérèn de zhòngdà
外面 ，她 總是 聽 我 的。一霎時 / 我 感到了 責任 的 重大 。

❷ 詞語練習

（一）難讀字詞認記

田裏的冬水也咕咕地起着**水泡**	shuǐpào 水泡
一切都**取決於**我	qǔjuéyú 取決於
她早已習慣聽從她**強壯**的兒子	qiángzhuàng 強壯
一**霎時**我感到了責任的重大	shàshí 霎時

（二）必讀輕聲詞、一般輕讀詞練習（一般輕讀詞的輕讀音節，注音前加圓點作標記）

正**因為**如此，才應該多**走走**	yīn·wèi zǒuzou 因為 走走
這一切都使人想着一樣**東西**	dōngxi 東西
我的**妻子**和**兒子**走在**後面**	qī·zǐ érzi hòu·miàn 妻子 兒子 後面
小傢伙突然叫**起來**："**前面**是**媽媽**和**兒子**……"	xiǎojiāhuo qǐ·lái māma 小傢伙 起來 媽媽
小路有**意思**	yìsi 意思
我決定**委屈兒子**	wěiqu 委屈
但是**母親摸摸**孫兒**的**小腦瓜，變**了主意**	mǔ·qīn mōmo zhǔyi 母親 摸摸 主意

（三）兒化詞練習

走遠**一點兒**就覺得很累	yìdiǎnr 一點兒

（四）多音字分辨

大塊小塊的新綠隨意地**鋪**着	pūzhe diànpù 鋪着 / 店鋪
我想拆**散**一家人	chāisàn sōngsǎn 拆散 / 鬆散

3 發音分辨

（一）翹舌音、平舌音、舌面音聲母分辨（zh ch sh / z c s / j q x）

我**說**，**正**因為如**此**，**才**應該多**走走**	shuō zhèng rúcǐ cái zǒuzou 説 正 如此 才 走走
這南方**初春**的田野	zhè chūchūn 這 初春
後來發**生**了分**歧**，母**親**要**走**大路	fāshēng fēnqí mǔ·qīn 發生 分歧 母親
一**霎時**我感到了**責**任的**重**大	shàshí zérèn zhòngdà 霎時 責任 重大
我**想拆散**一家人，分**成**兩路	xiǎng chāisàn yì jiā rén fēnchéng 想 拆散 一 家 人 分成

（二）前鼻韻母、後鼻韻母分辨（-n / -ng）

母**親信**服地**點點**頭	mǔ·qīn xìnfú diǎndiǎn tóu 母親 信服 點點 頭
她**現**在**很聽**我的話，就**像**我小時候**很聽**她的話一**樣**	xiànzài hěn tīng xiàng yíyàng 現在 很 聽 像 一樣
我想找一個**兩全**的**辦**法	liǎngquán bànfǎ 兩全 辦法
大路**平順**	píngshùn 平順
我**伴同**他的日子還**長**	bàntóng cháng 伴同 長
那裏有**金**色的菜花，**兩行整**齊的**桑**樹	jīnsè liǎng háng zhěngqí sāngshù 金色 兩 行 整齊 桑樹

（三）n 聲母、l 聲母分辨

她**老**了，身體不好，走遠一點兒就覺得很**累**	lǎo le lèi 老 了 累
這**南**方初春的田野，大塊小塊的新**綠**隨意地鋪着，有的**濃**，有的淡，樹上的**嫩**芽也密了	nánfāng xīnlǜ 南方 新綠 nóng nènyá 濃 嫩芽
母親要走大**路**	dàlù 大路

（四）一字聲調練習（按照實際讀出的聲調注音）

走遠**一**點兒就覺得很累	yìdiǎnr 一點兒
我想拆散**一**家人	yì jiā rén 一 家 人
一霎時我感到了責任的重大	yíshàshí 一霎時
一個兩全的辦法	yí gè 一 個
這**一**切都使人想着**一**樣東西——生命	yíqiè yíyàng 一切 一樣

（五）不字聲調練習（按照實際讀出的聲調注音）

母親本**不**願出來的	búyuàn 不願
不過，一切都取決於我	búguò 不過
我想找一個兩全的辦法，找**不**出	zhǎo bù chū 找 不 出

作品34號《神秘的“無底洞”》

1 重點句、段練習

參考句中停頓的提示，把握朗讀時的流暢度

(1) Dìqiú ·shàng shìfǒu zhēn de cúnzài wúdǐdòng Ànshuō dìqiú shì
地球 上 /是否 真 的 存在“無底洞”？按說 /地球 是
yuán de yóu dìqiào dìmàn hé dìhé sān céng zǔchéng zhēnzhèng de
圓 的，由 地殼、地幔 / 和 地核 三 層 組成 ， 真正 的
wúdǐdòng shì bù yīng cúnzài de wǒmen suǒ kàndào de gè zhǒng
“無底洞” / 是 不 應 存在 的， 我們 所 看到 的 / 各 種
shāndòng lièkǒu lièfèng shènzhì huǒshānkǒu yě dōu zhǐshì dìqiào qiǎnbù de
山洞 、裂口、 裂縫 甚至 火山口 /也 都 只是 地殼 淺部 的/
yì zhǒng xiànxiàng Rán'ér Zhōngguó yìxiē gǔjí què duō cì tídào hǎiwài
一 種 現象 。然而 中國 一些 古籍 / 卻 多 次 提到 海外 /
yǒu gè shēn'ào-mòcè de wúdǐdòng
有 個 深奧莫測 的“ 無底洞 ” 。

(2) Zhège wúdǐdòng huì ·bú huì jiù xiàng shíhuīyán dìqū de lòudǒu shùjǐng
這個“無底洞” / 會 不 會 就 像 / 石灰岩 地區 的 漏斗 、豎井、
luòshuǐdòng yīlèi de dìxíng
落水洞 一類 的 地形。

(3) Yī jiǔ wǔ bā nián Měiguó Dìlǐ Xuéhuì pàichū yì zhī kǎochádui tāmen
一 九 五 八 年 / 美國 地理 學會 / 派出 一 支 考察隊 ，他們
bǎ yì zhǒng jīngjiǔ-búbiàn de dài sè rǎnliào róngjiě zài hǎishuǐ zhōng
把 一 種 / 經久不變 的 / 帶 色 染料 / 溶解 在 海水 中 ，
guānchá rǎnliào shì rúhé suízhe hǎishuǐ yìqǐ chén xià·qù
觀察 染料 / 是 如何 / 隨着 海水 / 一起 沉 下去 。

❷ 詞語練習

（一）難讀字詞認記

只是**地殼**淺部的一種現象	dìqiào 地殼
由於**瀕臨**大海，大**漲潮**時，洶湧的海水便會排山倒海般地湧入洞中，形成一股**湍湍**的急流	bīnlín 瀕臨　zhǎngcháo 漲潮　tuāntuān 湍湍
為了**揭開**這個**秘密**	jiēkāi 揭開　mìmì 秘密
派出一支**考察**隊	kǎochá 考察
他們把一種經久不變的帶色**染料溶解**在海水中	rǎnliào 染料　róngjiě 溶解

（二）必讀輕聲詞、一般輕讀詞練習（一般輕讀詞的輕讀音節，注音前加圓點作標記）

卻從來**沒有**把洞灌滿	méi·yǒu 沒有
會**不**會就像石灰岩地區**的**漏斗	huì ·bú huì 會 不 會

（三）多音字分辨

我們所看到的各種山洞、裂口、裂**縫**	lièfèng 裂縫 / fénghé 縫合
大**漲**潮時	zhǎngcháo 漲潮 / gāozhàng 高漲

（四）四字詞

shēn'ào-mòcè 深奧莫測	páishān-dǎohǎi 排山倒海
wǎngfèi-xīnjī 枉費心機	jīngjiǔ-búbiàn 經久不變

（五）人名、專名

Xīlà 希臘	Yàgèsī 亞各斯

3 發音分辨

（一）翹舌音、平舌音、舌面音聲母分辨（zh ch sh / z c s / j q x）

甚至火**山**口也都**只是**地**殼淺**部的**一種現象**	shènzhì 甚至　huǒshān 火山　zhǐshì 只是　dìqiào 地殼 qiǎnbù 淺部　yìzhǒng 一種　xiànxiàng 現象
事實上地**球上確實**有**這**樣一個“無底洞”	shìshí 事實　·shàng 上　dìqiú 地球 quèshí 確實　zhèyàng 這樣
洶湧的海**水**便會排**山**倒海般地湧入洞**中**	xiōngyǒng 洶湧　hǎishuǐ 海水　zhōng 中
接着又**察**看了附**近**海面以**及**島上的各條河、湖	jiēzhe 接着　chákàn 察看　fùjìn 附近　yǐjí 以及
難道**是**海**水**量太大把有**色水稀釋**得太淡，以**致**無法發**現**	yǒusèshuǐ 有色水　xīshì 稀釋　yǐzhì 以致　fāxiàn 發現

（二）前鼻韻母、後鼻韻母分辨（-n / -ng）

按説地球是**圓**的，由地殼、地**幔**和地核**三層**組**成**	ànshuō 按説　yuán de 圓的　dìmàn 地幔 sāncéng 三層　zǔchéng 組成
形成一股**湍湍**的急流	xíngchéng 形成　tuāntuān 湍湍
觀察**染**料是如何隨着海水一起**沉**下去	guānchá 觀察　rǎnliào 染料　chén 沉

（三）n 聲母、l 聲母分辨

我們所看到的各種山洞、**裂**口、**裂**縫	lièkǒu 裂口
它位於希**臘**亞各斯古城的海濱	Xīlà 希臘
由於瀕**臨**大海	bīnlín 瀕臨
每天**流**入洞**內**的海水**量**達三萬多噸	liú dòng nèi hǎishuǐliàng 流 洞 內 海水量
就像石灰岩地區的**漏**斗、豎井、**落**水洞一**類**的地形	lòudǒu luòshuǐdòng 漏斗 落水洞 yílèi 一類
從十二世紀三十**年**代以**來**，人們就做了多種**努力**	niándài yǐlái nǔlì 年代 以來 努力

（四）一字聲調練習（按照實際讀出的聲調注音）

甚至火山口也都只是地殼淺部的**一**種現象	yì zhǒng 一 種
形成**一**股湍湍的急流	yì gǔ 一 股
隨着海水**一**起沉下去	yìqǐ 一起
一九五八年美國地理學會派出**一**支考察隊	yī jiǔ wǔ bā 一 九 五 八（數目讀原調） yì zhī 一 支

（五）不字聲調練習（按照實際讀出的聲調注音）

真正的"無底洞"是**不**應存在的	bù yīng 不 應
會**不**會就像石灰岩地區的漏斗	huì ·bú huì 會 不 會

作品 35 號《世間最美的墳墓》

1 重點句、段練習

參考句中停頓的提示，把握朗讀時的流暢度

（1） Wǒ zài Éguó jiàndào de jǐngwù zài méi·yǒu bǐ Tuō'ěrsītài mù gèng hóngwěi gèng gǎnrén de le
我在俄國見到的景物/再沒有比托爾斯泰墓/更宏偉、更感人的了。

（2） Zhè·lǐ bīrén de pǔsù jìngù zhù rènhé yì zhǒng guānshǎng de xiánqíng bìngqiě bù róngxǔ nǐ dàshēng shuōhuà Fēng'·ér fǔ lín zài zhè zuò wúmíngzhě zhī mù de shùmù zhījiān sàsà xiǎngzhe hénuǎn de yángguāng zài féntóur xīxì dōngtiān báixuě wēnróu de fùgài zhè piàn yōu'àn de tǔdì
這裏，逼人的樸素/禁錮住任何一種觀賞的閒情，並且/不容許你大聲說話。風兒俯臨，在這座無名者之墓的樹木之間/颯颯響着，和暖的陽光/在墳頭嬉戲；冬天，白雪溫柔地/覆蓋這片幽暗的土地。

（3） Rán'ér qiàqià shì zhè zuò bù liú xìngmíng de fénmù bǐ suǒyǒu wākōng xīnsi yòng dàlǐshí hé shēhuá zhuāngshì jiànzào de fénmù gèng kòurénxīnxián
然而，恰恰是這座/不留姓名的墳墓，比所有挖空心思/用大理石和奢華裝飾建造的墳墓/更扣人心弦。

❷ 詞語練習

（一）難讀字詞認記

沒有**墓碑**，沒有**墓誌銘**	mùbēi 墓碑　mùzhìmíng 墓誌銘
圍在四周**稀疏**的木**柵欄**是不關閉的	xīshū 稀疏　zhàlan 柵欄
逼人的**樸素禁錮**住任何一種觀賞的閒情	pǔsù 樸素　jìngù 禁錮
用大理石和**奢華**裝飾建造的墳墓	shēhuá 奢華
在今天這個**特殊**的日子	tèshū 特殊

（二）必讀輕聲詞、一般輕讀詞練習（一般輕讀詞的輕讀音節，注音前加圓點作標記）

連托爾斯泰**這個名字**也**沒有**	zhège 這個　míngzi 名字　méi·yǒu 沒有
稀疏的木**柵欄**是不關閉**的**	zhàlan 柵欄
沒有任何別**的東西**	dōngxi 東西
挖空**心思**	xīnsi 心思
特殊**的日子**	rìzi 日子

（三）多音字分辨

不留名姓地被人**埋**葬了	máizàng 埋葬 / mányuàn 埋怨
受自己的聲名所**累**的偉人	suǒ lěi 所 累 / hěn lèi 很 累

（四）四字詞

bù wéi rén zhī 不為人知	wākōng xīnsi 挖空 心思
kòurénxīnxián 扣人心弦	

（五）人名、專名

Éguó 俄國	Lièfū Tuō'ěrsītài 列夫・托爾斯泰

3 發音分辨

（一）翹舌音、平舌音、舌面音聲母分辨（zh ch sh / z c s / j q x）

這位比**誰**都感到**受自己**的**聲**名**所**累的偉人	zhè wèi 這位 shéi 誰 shòu 受 zìjǐ 自己 shēngmíng 聲名 suǒ lěi 所累
圍**在四周稀疏**的木**柵**欄**是**不關閉的	zài 在 sìzhōu 四周 xīshū 稀疏 zhàlan 柵欄 shì 是
逼人的樸**素禁**錮**住**任何一**種**觀**賞**的**閒情**	pǔsù 樸素 jìngù 禁錮 zhù 住 yì zhǒng 一種 guānshǎng 觀賞 xiánqíng 閒情
在這座無名**者之**墓的**樹**木**之間颯颯響着**	zhè zuò 這座 wúmíngzhě 無名者 shùmù 樹木 zhījiān 之間 sàsà 颯颯 xiǎngzhe 響着
恰恰是這座不留**姓**名的墳墓	qiàqià 恰恰 xìngmíng 姓名
比**所**有挖空**心思**用大理**石**和**奢**華**裝飾建造**的墳墓更扣人**心弦**	xīnsi 心思 dàlǐshí 大理石 shēhuá 奢華 zhuāngshì 裝飾 jiànzào 建造 xīnxián 心弦

（二）前鼻韻母、後鼻韻母分辨（-n /-ng）

完全按照托爾斯泰的**願望**	wánquán 完全　ànzhào 按照　yuànwàng 願望
而**通常**，**人們**卻**總**是懷着好奇，去破壞偉**人**墓地的**寧靜**	tōngcháng 通常　rénmen 人們　zǒngshì 總是 níngjìng 寧靜
白雪**溫**柔地覆蓋這片幽**暗**的土地	wēnróu 溫柔　yōu'àn 幽暗
你都**想像**不到，這個小小的、**隆**起的長**方**體裏**安放**着一位**當**代最偉大的**人**物	xiǎngxiàng 想像　lóngqǐ 隆起　chángfāngtǐ 長方體 ānfàng 安放　dāngdài 當代

（三）n 聲母、l 聲母分辨

卻像偶爾被發現的**流浪**漢	liúlànghàn 流浪漢
去破壞偉人墓地的**寧**靜	níngjìng 寧靜
和**暖**的陽光在墳頭嬉戲	hénuǎn 和暖
無**論**你在夏天還是冬天經過這兒	wúlùn 無論

（四）一字聲調練習（按照實際讀出的聲調注音）

一個小小的長方形土丘	yí gè 一個
任何**一**種觀賞的閒情	yì zhǒng 一種
一位當代最偉大的人物	yí wèi 一位

（五）不字聲調練習（按照實際讀出的聲調注音）

不為人知的士兵，**不**留名姓地被人埋葬了	bù wéi rén zhī bù liú 不 為 人 知 不 留
圍在四周稀疏的木柵欄是**不**關閉的	bù guānbì 不 關閉
不容許你大聲說話	bù róngxǔ 不 容許
你都想像**不**到	bú dào 不 到

作品 36 號《蘇州園林》

1 重點句、段練習

參考句中停頓的提示，把握朗讀時的流暢度

Wǒguó de jiànzhù cóng gǔdài de gōngdiàn dào jìndài de yìbān zhùfáng
（1） 我國 的 建築 ， 從 古代 的 宮殿 / 到 近代 的 一般 住房 ，
jué dà bùfen shì duìchèn de zuǒ·biān zěnmeyàng yòu·biān zěnmeyàng
絕 大 部分 / 是 對稱 的， 左邊 怎麼樣 ， 右邊 怎麼樣 。

Huòzhě shì chóngluán-diézhàng huòzhě shì jǐ zuò xiǎoshān pèihézhe
（2） 或者 是 / 重巒疊嶂 ， 或者 是 / 幾 座 小山 / 配合着
zhúzi huāmù quán zàihu shèjìzhě hé jiàngshīmen shēngpíng duō yuèlì
竹子 花木 ， 全 在乎 / 設計者 和 匠師們 / 生平 多 閱歷，
xiōng zhōng yǒu qiūhè cái néng shǐ yóulǎnzhě pāndēng de shíhou wàngquè
胸 中 有 丘壑，才 能 使 遊覽者 / 攀登 的 時候 / 忘卻
Sūzhōu chéngshì zhǐ jué·de shēn zài shān jiān
蘇州 城市 ，只 覺得 / 身 在 山 間。

Zhè yě shì wèile qǔdé cóng gègè jiǎodù kàn dōu chéng yì fú huà de xiàoguǒ
（3） 這 也 是 / 為了 取得 / 從 各個 角度 看 / 都 成 一幅 畫 的 效果 。

❷ 詞語練習

（一）難讀字詞認記

對稱的**建築**是圖案畫，不是**美術**畫	jiànzhù 建築　měishù 美術
匠師們生平多閱歷，胸中有**丘壑**	jiàngshī 匠師　qiūhè 丘壑
攀登的時候**忘卻**蘇州城市，只覺得身在山間	wàngquè 忘卻
池沼或河道的**邊沿**	chízhǎo 池沼　biānyán 邊沿

（二）必讀輕聲詞、一般輕讀詞練習（一般輕讀詞的輕讀音節，注音前加圓點作標記）

左邊怎麼樣，右邊怎麼樣	zuǒ·biān 左邊　yòu·biān 右邊　zěnmeyàng 怎麼樣
蘇州園林可絕不**講究**對稱	jiǎngjiu 講究
用圖畫來**比方**	bǐfang 比方
全**在乎**設計者和**匠師們**生平多閱歷	zàihu 在乎　jiàngshīmen 匠師們
攀登**的時候**忘卻蘇州城市，只**覺得**身在山間	shíhou 時候　juéde 覺得
有些園林池沼**寬敞**	kuān·chǎng 寬敞

（三）多音字分辨

絕大部分是對**稱**的	duìchèn 對稱 ／ chēngzàn 稱讚
水面假如成河道**模**樣，往往安排橋樑	múyàng 模樣 ／ móxíng 模型

（四）四字詞

zìrán zhī qù 自然之趣	chóngluán-diézhàng 重巒疊嶂
zhúzi huāmù 竹子 花木	gāodī qūqū 高低 屈曲
rèn qí zìrán 任其自然	

3 發音分辨

（一）翹舌音、平舌音、舌面音聲母分辨（zh ch sh /z c s /j q x）

蘇州園林裏都有**假山**和**池沼**	Sūzhōu jiǎshān chízhǎo 蘇州 假山 池沼
可以**說是一項**藝**術**而不**僅是技術**	shuō shì yí xiàng yìshù 說是 一項 藝術 bùjǐn jìshù 不僅 技術
池沼或河道的邊沿很**少砌齊整**的**石**岸	shǎo qì qízhěng shí'àn 少 砌 齊整 石岸
夏秋季節荷花或**睡**蓮開放	xià-qiū jìjié shuìlián 夏秋 季節 睡蓮

（二）前鼻韻母、後鼻韻母分辨（-n /-ng）

東邊有了一個**亭**子或者一道迴**廊**	dōng·biān tíngzi huíláng 東邊 亭子 迴廊
全在乎設計者和**匠**師**們生平**多閱歷	quán jiàngshīmen shēngpíng 全 匠師們 生平
才**能**使遊**覽**者**攀登**的時候**忘**卻蘇州**城**市	cái néng yóulǎnzhě pāndēng 才能 遊覽者 攀登 wàngquè chéngshì 忘卻 城市
有些**園林**池沼**寬敞**	yuánlín kuān·chǎng 園林 寬敞

（三）n 聲母、l 聲母分辨

蘇州園**林裏**都有假山和池沼	yuánlín ·lǐ 園林 裏
或者是重**巒**疊嶂	chóngluán-diézhàng 重巒疊嶂
假如安排**兩**座以上的橋**樑**，**那**就一座一個樣，決不**雷**同	liǎng zuò qiáoliáng nà léitóng 兩 座 橋樑 那 雷同
還在那兒佈置幾塊**玲瓏**的石頭	línglóng 玲瓏
池沼**裏**養着金魚或各色**鯉**魚，夏秋季節荷花或睡**蓮**開放	lǐyú shuìlián 鯉魚 睡蓮

（四）一字聲調練習（按照實際讀出的聲調注音）

從古代的宮殿到近代的**一**般住房	yìbān 一般
可以説是**一**項藝術而不僅是技術	yí xiàng 一 項
那就**一**座**一**個樣	yí zuò yí gè yàng 一 座 一 個 樣
從各個角度看都成**一**幅畫的效果	yì fú 一 幅

（五）不字聲調練習（按照實際讀出的聲調注音）

西邊決**不**會來一個同樣的亭子	jué bú huì 決 不 會
對稱的建築是圖案畫，**不**是美術畫	bú shì 不 是
美術畫要求自然之趣，是**不**講究對稱的	bù jiǎngjiu 不 講究
那就一座一個樣，決**不**雷同	jué bù léitóng 決 不 雷同

作品 37 號《態度創造快樂》

❶ 重點句、段練習

參考句中停頓的提示，把握朗讀時的流暢度

（1） Yí wèi fǎng Měi Zhōngguó nǚzuòjiā zài Niǔyuē yùdào yí wèi mài huā de lǎotàitai
一位訪美中國女作家，在紐約／遇到一位賣花的老太太。

（2） Lǎotàitai chuānzhuó pòjiù shēntǐ xūruò dàn liǎn·shàng de shénqíng què shì nàyàng xiánghé xīngfèn
老太太穿着破舊，身體虛弱，但臉上的神情／卻是那樣祥和興奮。

（3） Shēn xiàn kǔnàn què réng wèi héhuā de shèngkāi xīnxǐ zàntàn bùyǐ zhè shì yì zhǒng qūyú chéngmíng de jìngjiè yì zhǒng kuàngdá sǎ·tuō de xiōngjīn yì zhǒng miànlín mónàn tǎndàng cóngróng de qìdù yì zhǒng duì shēnghuó tóngzǐ bān de rè'ài hé duì měihǎo shìwù wúxiàn xiàngwǎng de shēngmìng qínggǎn
身陷苦難／卻仍為荷花的盛開／欣喜讚歎不已，這是一種／趨於澄明的境界，一種／曠達灑脫的胸襟，一種／面臨磨難／坦蕩從容的氣度，一種對生活童子般的熱愛／和對美好事物／無限嚮往的／生命情感。

❷ 詞語練習

（一）難讀字詞認記

身體**虛弱**	xūruò 虛弱
老太太面帶**微笑**地說	wēixiào 微笑
三天後就是**復活**節	fùhuó 復活
多麼富於**哲理**的話語	zhélǐ 哲理
陷入了非人的**境地**	xiànrù jìngdì 陷入 境地
曠達灑脫的**胸襟**	xiōngjīn 胸襟
對美好事物無限**嚮往**的生命情感	xiàngwǎng 嚮往

（二）必讀輕聲詞、一般輕讀詞練習（一般輕讀詞的輕讀音節，注音前加圓點作標記）

老太太面帶微笑**地**說	lǎotàitai 老太太
一切都**這麼**美好，我**為什麼**不高興**呢**	zhème wèishénme 這麼 為什麼
一種曠達**灑脫**的胸襟	sǎ·tuō 灑脫

（三）多音字分辨

面臨磨**難**	mónàn nánguò 磨難 / 難過

（四）四字詞

shēn xiàn kǔnàn 身 陷 苦難	xīnxǐ zàntàn 欣喜 讚歎
kuàngdá sǎ·tuō 曠達 灑脫	tǎndàng cóngróng 坦蕩 從容

（五）人名、專名

Niǔyuē 紐約	Yēsū 耶穌
Shěn Cóngwén 沈 從文	Huáng Yǒngyù 黃 永玉

3 發音分辨

（一）翹舌音、平舌音、舌面音聲母分辨（zh ch sh / z c s / j q x）

老太太**穿着**破**舊**	chuānzhuó 穿着　pòjiù 破舊
是全世界最糟糕的一天	shì 是　quán 全　shìjiè 世界　zuì 最　zāogāo 糟糕
一**種**曠達**灑**脱的**胸襟**	yì 一　zhǒng 種　sǎ·tuō 灑脱　xiōngjīn 胸襟
身**陷**苦難**卻**仍為荷花的**盛**開**欣喜讚**歎不已	shēn 身　xiàn 陷　què 卻　shèngkāi 盛開　xīnxǐ 欣喜　zàntàn 讚歎
把**自己浸**泡**在積極**、樂觀、**向上**的**心**態**中**	zìjǐ 自己　jìnpào 浸泡　zài 在　jījí 積極　xiàngshàng 向上　xīntài 心態　zhōng 中

（二）前鼻韻母、後鼻韻母分辨（-n / -ng）

但臉上的**神情**卻是那**樣祥**和**興奮**	dàn 但　liǎn·shàng 臉上　shénqíng 神情　nàyàng 那樣　xiánghé 祥和　xīngfèn 興奮
當我遇到不**幸**時，就會**等**待**三天**	dāng 當　búxìng 不幸　děngdài 等待　sān 三　tiān 天
一**種**面**臨**磨**難坦蕩從容**的氣度	yì 一　zhǒng 種　miànlín 面臨　mónàn 磨難　tǎndàng 坦蕩　cóngróng 從容
趨於**澄明**的**境**界	chéngmíng 澄明　jìngjiè 境界

（三）n 聲母、l 聲母分辨

但**臉**上的神情卻是**那**樣祥和興奮	liǎn·shàng 臉上　nàyàng 那樣
沒**料**到，**老**太太的回答更**令女**作家大吃一驚	liàodào 料到　lǎotàitai 老太太 lìng 令　nǚzuòjiā 女作家
它把煩**惱**和痛苦拋下，全**力**去收穫快**樂**	fánnǎo 煩惱　quánlì 全力　kuàilè 快樂

（四）一字聲調練習（按照實際讀出的聲調注音）

一位訪美中國女作家	yí wèi 一 位
女作家挑了**一**朵花說	yì duǒ 一 朵
一切都這麼美好	yíqiè 一切
女作家又說了**一**句	yí jù 一 句
令女作家大吃**一**驚	dàchī-yìjīng 大吃一驚
一種曠達灑脫的胸襟	yì zhǒng 一 種

（五）不字聲調練習（按照實際讀出的聲調注音）

當我遇到**不**幸時	búxìng 不幸
可他毫**不**在意	háobú zàiyì 毫不 在意
為荷花的盛開欣喜讚歎**不**已	bùyǐ 不已
影響一個人快樂的，有時並**不**是困境及磨難	bìng bú shì 並 不 是

作品 38 號《泰山極頂》

1 重點句、段練習

參考句中停頓的提示，把握朗讀時的流暢度

（1）
Tài Shān jí dǐng kàn rìchū lìlái bèi miáohuì chéng shífēn zhuàngguān de
泰山極頂看日出，歷來/被描繪成/十分壯觀的
qíjǐng Yǒu rén shuō Dēng Tài Shān ér kàn·búdào rìchū jiù xiàng yì chū
奇景。有人說：登泰山/而看不到日出，就像一齣
dàxì méi·yǒu xìyǎn wèir zhōngjiū yǒu diǎnr guǎdàn
大戲/沒有戲眼，味兒/終究有點寡淡。

（2）
Zài huàjuàn zhōng zuì xiān lòuchū de shì shāngēnr dǐ nà zuò Míngcháo
在畫卷中/最先露出的/是山根底/那座明朝
jiànzhù Dàizōngfāng mànmàn de biàn xiànchū Wángmǔchí Dǒumǔgōng
建築/岱宗坊，慢慢地/便現出/王母池、斗母宮、
Jīngshíyù
經石峪。

（3）
Wángmǔchí páng de Lǚzǔdiàn ·lǐ yǒu bùshǎo zūn míngsù sùzhe Lǚ Dòngbīn
王母池旁的/呂祖殿裏/有不少尊明塑，塑着呂洞賓
děng yìxiē rén zītài shénqíng shì nàyàng yǒu shēngqì
等/一些人，姿態神情/是那樣有生氣，……

❷ 詞語練習

（一）難讀字詞認記

被**描繪**成十分壯觀的奇景	miáohuì 描繪
同伴們都**欣喜**地說	xīnxǐ 欣喜
兩面奇峰**對峙**着	duìzhì 對峙
我覺得掛在眼前的不是**五嶽獨尊**的泰山	Wǔ Yuè dú zūn 五 嶽 獨 尊

（二）必讀輕聲詞、一般輕讀詞練習（一般輕讀詞的輕讀音節，注音前加圓點作標記）

就像一齣大戲**沒有**戲眼	méi·yǒu 沒有
明天**早晨**準可以**看見**日出**了**	zǎo·chén kàn·jiàn 早晨 看見
我也是抱**着**這種**想頭**，爬**上**山**去**	bàozhe xiǎngtou pá·shàng shān ·qù 抱着 想頭 爬上 山 去
看看山色，**聽聽**流水和松濤	kànkan tīngting 看看 聽聽

（三）兒化詞練習

味兒終究**有點（兒）**寡淡	wèir yǒu diǎnr 味兒 有 點
雲彩絲兒都不見	yúncaisīr 雲彩絲兒
山根（兒）底那座明朝建築岱宗坊	shāngēnr 山根
來到**這兒**	zhèr 這兒

（四）多音字分辨

從下面**倒**展開來	dào zhǎn　dǎotā 倒　展 / 倒塌
綠蔭森森的**柏**洞露**面**不太久	Bǎidòng　Bólín　lòumiàn　bàolù 柏洞 / 柏林　露面 / 暴露

（五）四字詞

wàn lǐ chángkōng 萬 里　長空	yānwù téngténg 煙霧　騰騰
méi·mù fēnmíng 眉目　分明	céngcéng-diédié 層層疊疊
wàn shān cóng zhōng 萬　山　叢　中	tuōkǒu zàntàn 脫口　讚歎
qíxíng-guàizhuàng 奇形怪狀	

（六）人名、專名

Dàizōngfāng 岱宗坊	Wángmǔchí 王母池
Dǒumǔgōng 斗母宮	Jīngshíyù 經石峪
Lǚzǔdiàn 呂祖殿	Lǚ Dòngbīn 呂　洞賓
Duìsōngshān 對松山	

3 發音分辨

（一）翹舌音、平舌音、舌面音聲母分辨（zh ch sh / z c s / j q x）

就像一齣大**戲**沒有**戲**眼	jiù xiàng　yì chū　xìyǎn 就　像　一　齣　戲眼
姿態**神情是**那樣有**生氣**	zītài　shénqíng　shì　shēngqì 姿態　神情　是　生氣

畫卷繼續展開	huàjuàn jìxù zhǎnkāi 畫卷 繼續 展開
你不妨**權**當一**次**畫裏的**寫**意人物	quándāng yí cì xiěyì 權當 一 次 寫意

（二）前鼻韻母、後鼻韻母分辨（-n /-ng）

被描繪**成十分壯觀**的奇**景**	chéng shífēn zhuàngguān qíjǐng 成 十分 壯觀 奇景
綠**蔭森森**的柏**洞**	lǜyīn sēnsēn Bǎidòng 綠蔭 森森 柏洞
卻**像**一幅規模**驚**人的**青**綠**山**水畫	xiàng jīngrén qīnglǜ shānshuǐhuà 像 驚人 青綠 山水畫

（三）n 聲母、l 聲母分辨

呂祖殿**裏**有不少尊明塑	Lǚzǔdiàn ·lǐ 呂祖殿 裏
綠蔭森森的柏洞**露**面不太久	lǜyīn lòumiàn 綠蔭 露面
滿山峰都是奇形怪狀的**老**松，**年**紀怕都上千歲了，顏色竟**那**麼**濃**，**濃**得好像要**流**下**來**似的	lǎosōng niánjì 老松 年紀 nàme nóng liú xià·lái 那麼 濃 流 下來
坐在**路**旁的對松亭**裏**	lùpáng 路旁

（四）一字聲調練習（按照實際讀出的聲調注音）

就像**一**齣大戲沒有戲眼	yì chū 一 齣
一路從山腳往上爬	yílù 一路
一幅規模驚人的青綠山水畫	yì fú 一 幅
山是**一**層比**一**層深，**一**疊比**一**疊奇	yì céng yì dié 一 層 一 疊

（五）不字聲調練習（按照實際讀出的聲調注音）

登泰山而看**不**到日出	kàn·búdào 看不到
萬里長空，雲彩絲兒都**不**見	bú jiàn 不 見
不是五嶽獨尊的泰山	bú shì 不 是
你**不**妨權當一次畫裏的寫意人物	bùfáng 不妨
露面**不**太久	bu tai jiu 不 太 久
不禁會脱口讚歎説	bùjīn 不禁

作品39號《陶行知的“四塊糖果”》

1 重點句、段練習

參考句中停頓的提示，把握朗讀時的流暢度

（1）
Yùcái Xiǎoxué xiàozhǎng Táo Xíngzhī zài xiàoyuán kàndào xuésheng Wáng Yǒu
育才 小學 校長 陶 行知 / 在 校園 看到 學生 王 友 /
yòng níkuài zá zìjǐ bān ·shàng de tóngxué Táo Xíngzhī dāngjí hèzhǐle tā
用 泥塊 / 砸 自己 班 上 的 同學 ，陶 行知 當即 喝止了 他，
bìng lìng tā fàngxué hòu dào xiàozhǎngshì qù
並 令 他 放學 後 / 到 校長室 去。

（2）
Táo Xíngzhī shì yào hǎohǎo jiàoyù zhège wánpí de xuésheng Nàme tā
陶 行知 / 是 要 好好 教育 / 這個 “頑皮” 的 學生 。那麼 / 他
shì rúhé jiàoyù de ne
是 如何 教育 的 呢？

（3）
Táo Xíngzhī yòu tāochū yí kuài tángguǒ fàngdào tā shǒu·lǐ shuō zhè
陶 行知 又 掏出 一 塊 糖果 / 放到 他 手裏 ，說：“這 /
dì-èr kuài tángguǒ yě shì jiǎnggěi nǐ de yīn·wèi dāng wǒ búràng nǐ zài
第二 塊 糖果 / 也 是 獎給 你 的，因為 / 當 我 不讓 你 再
dǎrén shí nǐ lìjí jiù zhùshǒu le
打人 時，你 立即 / 就 住手 了，……

2 詞語練習

（一）難讀字詞認記

王友已經等在門口準備**捱訓**了	ái xùn 捱 訓
陶行知卻**掏出**一塊糖果送給王友	tāochū 掏出
這説明你很**尊敬**我，我應該獎你	zūnjìng 尊敬
他們不守遊戲**規則**	guīzé 規則
他流着眼淚**後悔**地**喊**道	hòuhuǐ hǎn 後悔 喊
可惜我只有這一塊糖果了	kěxī 可惜

（二）必讀輕聲詞、一般輕讀詞練習（一般輕讀詞的輕讀音節，注音前加圓點作標記）

教育**這個**"頑皮"的**學生**	zhège xuésheng 這個 學生
那麼他是如何教育**的呢**	nàme 那麼
因為你按時來到**這裏**	yīn·wèi zhè·lǐ 因為 這裏
他**眼睛**睜**得**大大**的**	yǎnjing 眼睛
為你正確**地**認識**錯誤**	cuò·wù 錯誤

（三）多音字分辨

陶行知當即**喝**止了他	hèzhǐ chīhē 喝止 / 吃喝
掏出第三塊糖果**塞**到王友手裏	sāidào dǔsè sàiwài 塞到 / 堵塞 / 塞外
我**調**查過了	diàochá tiáozhěng 調查 / 調整

（四）人名、專名

Yùcái 育才	Táo Xíngzhī 陶 行知
Wáng Yǒu 王 友	

3 發音分辨

（一）翹舌音、平舌音、舌面音聲母分辨（zh ch sh /z c s /j q x）

放**學**後，陶**行知**來到**校長室**	fàngxué 放學　Táo Xíngzhī 陶 行知　xiàozhǎngshì 校長室
王友**驚**疑地**接**過糖果	jīngyí 驚疑　jiēguo 接過
陶**行知**又掏**出**第三塊糖果**塞**到王友**手**裏	tāochū 掏出　sāidào 塞到　shǒu·lǐ 手裏
是因為他們不**守**遊**戲**規**則**	shì 是　bù shǒu 不 守　yóuxì 遊戲　guīzé 規則
我**砸**的不**是**壞人，而**是自己**的同**學**啊	zá 砸　zìjǐ 自己　tóngxué 同學

（二）前鼻韻母、後鼻韻母分辨（-n /-ng）

這第二塊**糖**果也是**獎**給你的	tángguǒ 糖果　jiǎnggěi 獎給
他**眼睛睜**得大大的	yǎnjing 眼睛　zhēng 睜
你砸他**們**，説**明**你**很正**直**善良**	tāmen 他們　shuōmíng 説明　hěn zhèngzhí 很 正直　shànliáng 善良
王友**感動**極了	gǎndòng 感動

（三）n 聲母、l 聲母分辨

王友用**泥**塊砸自己班上的同學	níkuài 泥塊

你按時**來**到這**裏**	nǐ láidào zhè·lǐ 你 來到 這裏
且有批評不**良**行為的勇氣，應該獎**勵你**啊	bùliáng jiǎnglì nǐ 不良 獎勵 你
他**流**着眼**淚**後悔地喊道："陶……陶校長**你**打我**兩**下吧！"	liúzhe yǎnlèi liǎng xià 流着 眼淚 兩 下

（四）一字聲調練習（按照實際讀出的聲調注音）

可一見面，陶行知卻掏出**一**塊糖果送給王友	yí jiànmiàn yí kuài 一 見面 一 塊

（五）不字聲調練習（按照實際讀出的聲調注音）

當我**不**讓你再打人時	búràng 不讓
是因為他們**不**守遊戲規則	bù shǒu 不 守
我砸的**不**是壞人	bú shì 不 是

作品 40 號《提醒幸福》

1 重點句、段練習

參考句中停頓的提示，把握朗讀時的流暢度

（1）Xiǎngshòu xìngfú shì xūyào xuéxí de dāng tā jíjiāng láilín de shíkè xūyào
享受 幸福 / 是 需要 學習 的， 當 它 / 即將 來臨 的 時刻 需要
tíxǐng Rén kěyǐ zìrán'érrán de xuéhuì gǎnguān de xiǎnglè què wúfǎ
提醒。 人 可以 自然而然 地 學會 感官 的 享樂 ， 卻 無法
tiānshēng de zhǎngwò xìngfú de yùnlǜ
天生 地 / 掌握 幸福 的 韻律。

（2）Línghún de kuàiyì tóng qìguān de shūshì xiàng yí duì luánshēng xiōngdì
靈魂 的 快意 / 同 器官 的 舒適 / 像 一 對 孿生 兄弟 ，
shí'ér xiāngbàng-xiāngyī shí'ér nányuán-běizhé
時而 / 相傍相依 ，時而 / 南轅北轍 。

（3）Rénmen chángcháng zhǐshì zài xìngfú de jīn mǎchē yǐ·jīng shǐ guò·qù hěn yuǎn
人們 常常 / 只是 在 幸福 的 金 馬車 / 已經 駛 過去 很 遠
shí cái jiǎnqǐ dì·shàng de jīn zōngmáo shuō yuánlái wǒ jiànguo tā
時，才 撿起 地上 的 金 鬃毛 / 說 ， 原來 我 見過 它。

❷ 詞語練習

（一）難讀字詞認記

學會**感官**的享樂	gǎnguān 感官
掌握幸福的**韻律**	yùnlǜ 韻律
幸福和世界萬物一樣，有它的**徵兆**	zhēngzhào 徵兆
以平和之心，體驗它的**真諦**	zhēndì 真諦
幸福絕大多數是**樸素**的	pǔsù 樸素
在很高的天際**閃爍**紅色的光芒	shǎnshuò 閃爍
他**披着**本色的外衣	pīzhe 披着

（二）必讀輕聲詞、一般輕讀詞練習（一般輕讀詞的輕讀音節，注音前加圓點作標記）

人們常常只是在幸福**的**金馬車**已經**駛**過去**很遠時，才撿起地**上的**金鬃毛説，原來我見**過**它	rénmen 人們 yǐ·jīng 已經 guò·qù 過去 dì·shàng 地上 jiànguo 見過
它像會傾聽音樂的**耳朵**一樣	ěrduo 耳朵
那**時候我們**往往步履匆匆	shíhou 時候 wǒmen 我們
披着**露水**散發清香**的**時刻	lù·shuǐ 露水
沒有人預報幸福	méi·yǒu 沒有

（三）多音字分辨

披着露水**散**發清香的時刻	sànfā sōngsǎn 散發 / 鬆散
向我們**噴**灑甘霖	pēnsǎ pènxiāng 噴灑 / 噴香
像信號彈**似**的	shìde sìhū 似的 / 似乎

（四）四字詞

xiāngbàng-xiāngyī 相傍相依	nányuán-běizhé 南轅北轍
jiǎn'éryánzhī 簡而言之	bùlǚ cōngcōng 步履 匆匆
zhānqián-gùhòu 瞻前顧後	pūmiàn ér lái 撲面 而 來

3 發音分辨

（一）翹舌音、平舌音、舌面音聲母分辨（zh ch sh / z c s / j q x）

享受幸福**是需**要**學習**的	xiǎngshòu xìngfú shì xūyào xuéxí 享受 幸福 是 需要 學習
撿起地**上**的**金鬃**毛**說**	jiǎnqǐ dì·shàng jīn zōngmáo shuō 撿起 地上 金 鬃毛 說
散發**清香**的**時**刻	sànfā qīngxiāng shíkè 散發 清香 時刻
很有**節制**地**向**我們噴**灑**甘霖	jiézhì xiàng pēnsǎ 節制 向 噴灑
在很高的天**際閃爍**紅**色**的光芒	zài tiānjì shǎnshuò hóngsè 在 天際 閃爍 紅色

（二）前鼻韻母、後鼻韻母分辨（-n/-ng）

幸福**常常**是**朦朧**的	xìngfú　chángcháng　ménglóng 幸福　常常　朦朧
它出**現**的**頻**率並不**像**我**們想像**的那**樣**少	chūxiàn　pínlǜ　wǒmen 出現　頻率　我們 xiǎngxiàng　nàyàng 想像　那樣
有預報**瘟**疫的，有預報地**震**的	wēnyì　dìzhèn 瘟疫　地震
幸福是一**種心靈**的**振**顫	yì　zhǒng　xīnlíng　zhènchàn 一　種　心靈　振顫
它**像**會**傾聽音**樂的耳朵一**樣**	qīngtīng　yīnyuè　yíyàng 傾聽　音樂　一樣

（三）n 聲母、l 聲母分辨

即將**來臨**	láilín 來臨
像一對**孿**生兄弟	luánshēng 孿生
卻忽**略**幸福披着**露**水散發清香的時刻	hūlüè　lù·shuǐ 忽略　露水
你不要總希望轟轟**烈烈**的幸福	hōnghōng-lièliè 轟轟烈烈
不要企圖把水**龍**頭**擰**得更大，那樣它會很快地**流**失	shuǐlóngtóu　nǐng　de 水龍頭　擰　得 liúshī 流失
親切溫**暖**地包裹起我們	wēnnuǎn 溫暖

（四）一字聲調練習（按照實際讀出的聲調注音）

靈魂的快意同器官的舒適像**一**對孿生兄弟	yí　duì 一　對
一種心靈的振顫	yì　zhǒng 一　種
幸福和世界萬物**一**樣	yíyàng 一樣

（五）不字聲調練習（按照實際讀出的聲調注音）

需要**不**斷地訓練	búduàn 不斷
並**不**像我們想像的那樣少	bú xiàng 不 像
不知在忙着什麼	bù zhī 不 知
你**不**要總希望轟轟烈烈的幸福	búyào 不要
它**不**會像信號彈似的	bú huì 不 會

作品 41 號《天才的造就》

1 重點句、段練習

參考句中停頓的提示，把握朗讀時的流暢度

（1）
Zài Lǐyuērènèilú de yí gè pínmínkū ·lǐ yǒu yí gè nánháizi tā fēicháng
在 里約熱內盧 的 / 一 個 貧民窟 裏，有 一 個 男孩子，他 非常
xǐhuan zúqiú kěshì yòu mǎi·bùqǐ yúshì jiù tī sùliàohér tī qìshuǐpíng
喜歡 足球，可是 / 又 買不起，於是 / 就 踢 塑料盒，踢 / 汽水瓶，
tī cóng lājīxiāng ·lǐ jiǎnlái de yēzikér
踢 / 從 垃圾箱 裏 揀來 的 椰子殼。

（2）
Xiǎonánháir dédào zúqiú hòu tī de gèng màijìnr le Bùjiǔ tā jiù néng
小男孩兒 / 得到 足球 後 / 踢 得 更 賣勁 了。不久，他 就 能
zhǔnquè de bǎ qiú tījìn yuǎnchù suíyì bǎifàng de yí gè shuítǒng ·lǐ
準確 地 / 把 球 / 踢進 遠處 / 隨意 擺放 的 / 一 個 水桶 裏。

（3）
Zhè wèi shíqī suì de nánháir zài dì-liù jiè zúqiú jǐnbiāosài ·shàng dú jìn
這 位 / 十七 歲 的 男孩兒 / 在 第六 屆 足球 錦標賽 上 / 獨 進
èrshíyī qiú wèi Bāxī dì-yī cì pěnghuíle jīnbēi
二十一 球，為 巴西 / 第一 次 捧回了 金杯。

❷ 詞語練習

（一）難讀字詞認記

一個**貧民窟**裏	pínmínkū 貧民窟
踢**塑料盒**，踢汽水瓶，踢從垃圾箱裏揀來的**椰子殼**	sùliàohér　yēzikér 塑料盒　椰子殼
在一處**乾涸**的水塘裏	gānhé 乾涸
買聖誕禮物送給我們的**恩人**	ēnrén 恩人
讓我們為他**祈禱**吧	qídǎo 祈禱
他來到一座**別墅**前的花園裏，開始**挖坑**	biéshù　wā kēng 別墅　挖 坑
第六屆足球**錦標賽**上獨進二十一球	jǐnbiāosài 錦標賽

（二）必讀輕聲詞、一般輕讀詞練習（一般輕讀詞的輕讀音節，注音前加圓點作標記）

有一個**男孩子**，他非常**喜歡**足球，可是又**買不起**	nánháizi　xǐhuan　mǎi·bùqǐ 男孩子　喜歡　買不起
被一位足球教練**看見了**	kàn·jiàn 看見
他發現**這個**男孩兒踢**得**很像是**那麼**回事	zhège　nàme 這個　那麼
我們沒有錢買聖誕禮物送給**我們的**恩人	wǒmen　méi·yǒu 我們　沒有
向**媽媽**要**了**一把**鏟子**便跑**了**出去	māma　chǎnzi 媽媽　鏟子

（三）兒化詞練習

踢從垃圾箱裏揀來的**椰子殼（兒）**	yēzikér 椰子殼
他在**胡同（兒）**裏踢	hútòngr 胡同
小男孩兒得到足球後踢得更**賣勁（兒）**了	xiǎonánháir　màijìnr 小男孩兒　賣勁
問**小孩兒**在幹什麼	xiǎoháir 小孩兒
孩子抬起滿是汗珠的**臉蛋兒**	liǎndànr 臉蛋兒

（四）多音字分辨

他在胡**同**裏踢	hútòngr　gòngtóng 胡同 ／ 共同
在能找到的任何一片**空**地上踢	kòngdì　kōnghuà 空地 ／ 空話
小男孩兒得到足球後踢得更賣**勁**了	màijìnr　qiángjìng 賣勁 ／ 強勁

（五）人名、專名

Lǐyuērènèilú 里約熱內盧	Bāxī 巴西

3 發音分辨

（一）翹舌音、平舌音、舌面音聲母分辨（zh ch sh / z c s / j q x）

他非**常喜**歡**足球**，可**是**又買不**起**，於**是就**踢**塑料**盒，踢**汽水**瓶	fēicháng　xǐhuan　zúqiú　kěshì 非常　喜歡　足球　可是 mǎibùqǐ　jiù　sùliàohér　qìshuǐpíng 買不起　就　塑料盒　汽水瓶

他**就**能**準確**地把**球**踢**進**遠**處隨**意擺放的一個**水**桶裏	zhǔnquè 準確 tījìn 踢進 yuǎnchù 遠處 suíyì 隨意 shuǐtǒng 水桶
就讓我們為他**祈**禱吧	qídǎo 祈禱
我**今**天得到了**世界上最**好的禮物	jīntiān 今天 shìjiè 世界 ·shàng 上 zuì 最
這位**十七歲**的男孩兒在第六**屆足球錦**標**賽**上獨**進二十一球**	zhè 這 shíqī 十七 suì 歲 dì-liù 第六 jiè 屆 jǐnbiāosài 錦標賽 èrshíyī 二十一

（二）前鼻韻母、後鼻韻母分辨（-n /-ng）

在里約熱內盧的一個**貧民**窟裏	pínmínkū 貧民窟
當他在一處**乾**涸的水**塘**裏**猛**踢一個豬**膀胱**時	dāng 當 gānhé 乾涸 shuǐtáng 水塘 měng 猛 tī 踢 pángguāng 膀胱
我**們**沒有**錢**買**聖誕**禮物**送**給我**們**的**恩人**	wǒmen 我們 qián 錢 shèngdàn 聖誕 sònggěi 送給 ēnrén 恩人
我**願**給**您**的**聖誕**樹挖一個樹**坑**	yuàn 願 nín 您 shùkēng 樹坑

（三）n 聲母、l 聲母分辨

在**里**約熱**內**盧的一個貧民窟裏	Lǐyuērènèilú 里約熱內盧
孩子抬起滿是汗珠的**臉**蛋兒	liǎndànr 臉蛋兒
教**練**把小**男**孩兒從樹坑**裏拉**上來	jiàoliàn 教練 xiǎonánháir 小男孩兒 shùkēng·lǐ 樹坑裏 lā 拉 shàng·lái 上來

（四）一字聲調練習（按照實際讀出的聲調注音）

在能找到的任何**一**片空地上踢	yí piàn 一 片
當他在**一**處乾涸的水塘裏猛踢**一**個豬膀胱時	yí chù yí gè 一 處 一 個
被**一**位足球教練看見了	yí wèi 一 位
向媽媽要了**一**把鏟子便跑了出去	yì bǎ 一 把
他來到**一**座別墅前的花園裏	yí zuò 一 座
為巴西第**一**次捧回了金杯	yí cì 一 次

（五）不字聲調練習（按照實際讀出的聲調注音）

可是又買**不**起	mǎi·bùqǐ 買不起
不久，他就能準確地把球踢進遠處	bùjiǔ 不久

作品 42 號《我的母親獨一無二》

❶ 重點句、段練習

參考句中停頓的提示，把握朗讀時的流暢度

Jì·dé wǒ shísān suì shí hé mǔ·qīn zhù zài Fǎguó dōngnánbù de Nàisī
（1） 記得 / 我 十三 歲 時，和 母親 / 住 在 法國 東南部 的 耐斯
Chéng Mǔ·qīn méi·yǒu zhàngfu yě méi·yǒu qīnqi gòu qīngkǔ de dàn tā
城 。母親 / 沒有 丈夫 ，也 沒有 親戚， 夠 清苦 的，但 她
jīngcháng néng ná·chū lìng rén chījīng de dōngxi bǎi zài wǒ miànqián
經常 / 能 拿出 / 令 人 吃驚 的 東西 ，擺 在 我 面前 。

Wǒ fāxiàn mǔ·qīn zhèng zǐxì de yòng yì xiǎo kuàir suì miànbāo cā nà gěi
（2） 我 發現 母親 / 正 仔細 地 / 用 一 小 塊 碎 麵包 / 擦 那 給
wǒ jiān niúpái yòng de yóuguō Wǒ míngbaile tā chēng zìjǐ wéi sùshízhě de
我 煎 牛排 用 的 油鍋 。我 明白了 / 她 稱 自己 為 素食者 的 /
zhēnzhèng yuányīn
真正 原因 。

Shì duì wǒ de méihǎo qiántú de chōngjǐng zhīchēngzhe tā huó xià·qù wèile
（3） 是 對 我 的 美好 前途 的 憧憬 / 支撐着 / 她 活 下去，為了
gěi tā nà huāng·táng de mèng zhìshǎo jiā yìdiǎnr zhēnshí de sècǎi wǒ
給 她 那 荒唐 的 夢 / 至少 加 一點 / 真實 的 色彩，我
zhǐnéng jìxù nǔlì yǔ shíjiān jìngzhēng zhízhì yī jiǔ sān bā nián wǒ
只能 / 繼續 努力，與 時間 競爭 ，直至 / 一 九 三 八 年 / 我
bèi zhēng rù kōngjūn
被 徵 入 空軍 。

❷ 詞語練習

（一）難讀字詞認記

煎牛排用的**油鍋**	yóuguō 油鍋
臉色**蒼白**，嘴唇**發灰**	cāngbái fā huī 蒼白 發灰
是對我的美好前途的**憧憬**支撐着她活下去	chōngjǐng 憧憬
巴黎很快**失陷**	shīxiàn 失陷

（二）必讀輕聲詞、一般輕讀詞練習（一般輕讀詞的輕讀音節，注音前加圓點作標記）

母親沒有丈夫，也**沒有親戚**	mǔ·qīn méi·yǒu zhàngfu qīnqi 母親 沒有 丈夫 親戚
令人吃驚**的東西**	dōngxi 東西
我**明白了**她稱自己為素食者**的**真正原因	míngbaile 明白了
她癱在**椅子上**	yǐzi ·shàng 椅子 上
她的頭歪向**枕頭**一邊	zhěntou 枕頭
痛苦**地**用手**抓撓**胸口	zhuānao 抓撓
為**了**給她那**荒唐的**夢至少加一點真實**的**色彩	huāng·táng 荒唐

（三）兒化詞練習

用**一小塊（兒）**碎麵包擦那給我煎牛排用的油鍋	yì xiǎo kuàir 一 小 塊
一點（兒）真實的色彩	yìdiǎnr 一點

（四）多音字分辨

她**稱**自己為素食者	chēng zìjǐ xiāngchèn 稱 自己／ 相稱
美**蒙**旅館	Měiméng Měngzú 美蒙 ／ 蒙族
我輾**轉**調到英國皇家空軍	zhǎnzhuǎn zhuànpán 輾轉 ／ 轉盤

（五）人名、專名

Nàisī Chéng 耐斯 城	Měiméng lǚguǎn 美蒙 旅館
Bālí 巴黎	Ruìshì 瑞士
Lúndūn 倫敦	

❸ 發音分辨

（一）翹舌音、平舌音、舌面音聲母分辨（zh ch sh /z c s /j q x）

一再說自己是素食者	yízài shuō zìjǐ shì sùshízhě 一再 說 自己 是 素食者
馬**上找**來醫**生**，**作出診**斷：她**攝取**了過多的胰島**素**	Mǎshàng zhǎolái yīshēng zuò·chū 馬上 找來 醫生 作出 zhěnduàn shèqǔ yídǎosù 診斷 攝取 胰島素
是對我的美好**前**途的**憧憬支撐着**她活**下去**	qiántú chōngjǐng zhīchēngzhe 前途 憧憬 支撐着 xià·qù 下去
至少加一點**真實**的**色彩**	zhìshǎo jiā zhēnshí sècǎi 至少 加 真實 色彩
胸前佩帶**着醒**目的綠黑兩**色**的**解**放**十字**綬帶	xiōngqián xǐngmù liǎng sè 胸前 醒目 兩 色 jiěfàng shízì shòudài 解放 十字 綬帶

（二）前鼻韻母、後鼻韻母分辨（-n / -ng）

她**癱**在椅子上，**臉**色**蒼**白	tān liǎnsè cāngbái 癱 臉色 蒼白
一直對我**隱瞞**的疾**痛**——**糖**尿**病**	yǐnmán jítòng tángniàobìng 隱瞞 疾痛 糖尿病
床架**上方**，則掛着……**乒乓**球**冠軍**的**銀**質**獎章**	chuángjià shàngfāng pīngpāngqiú 床架 上方 乒乓球 guànjūn yínzhì jiǎngzhāng 冠軍 銀質 獎章
直至一九三八**年**我被**徵**入**空軍**	nián zhēng rù kōngjūn 年 徵 入 空軍

（三）n 聲母、l 聲母分辨

母親成了**耐**斯市美蒙**旅**館的**女**經理	Nàisī Shì lǚguǎn nǚ jīnglǐ 耐斯 市 旅館 女 經理
她更忙**碌**了	mánglù 忙碌
痛苦地用手抓**撓**胸口	zhuānao 抓撓
我只**能**繼續**努力**	zhǐnéng nǔlì 只能 努力
綠黑**兩**色的解放十字綬帶	lǜ-hēi liǎng sè 綠黑 兩 色

（四）一字聲調練習（按照實際讀出的聲調注音）

一再說自己是素食者	yízài 一再
一直對我隱瞞的疾痛	yìzhí 一直
她的頭歪向枕頭**一**邊	yìbiān 一邊
掛着**一**枚我**一**九三二年贏得耐斯市少年乒乓球冠軍的銀質獎章	yì méi yī jiǔ sān èr 一 枚 一 九 三 二（數目讀原調）
一點真實的色彩	yìdiǎnr 一點

（五）不字聲調練習（按照實際讀出的聲調注音）

她從來**不**吃肉	bù chī 不 吃

作品 43 號《我的信念》

1 重點句、段練習

參考句中停頓的提示，把握朗讀時的流暢度

（1） Shēnghuó duìyú rènhé rén dōu fēi yì shì wǒmen bìxū yǒu jiānrèn-bùbá de
生活 / 對於 任何 人 / 都 非 易 事，我們 必須 有 / 堅韌不拔 的
jīngshén Zuì yàojǐn de háishì wǒmen zìjǐ yào yǒu xìnxīn
精神 。最 要緊 的，還是 / 我們 自己 / 要 有 信心 。

（2） Wǒ zǒngshì nàixīn de bǎ zìjǐ de nǔlì jízhōng zài yí gè mùbiāo ·shàng
我 總是 耐心 地 / 把 自己 的 努力 / 集中 在 一 個 目標 上 。
Wǒ zhīsuǒyǐ rúcǐ huòxǔ shì yīn·wèi yǒu mǒu zhǒng lì·liàng zài biāncèzhe
我 之所以 如此，或許 / 是 因為 有 某 種 力量 / 在 鞭策着
wǒ zhèng rú cán bèi biāncèzhe qù jié jiǎn yìbān
我—— 正 如 蠶 / 被 鞭策着 / 去 結 繭 一般。

（3） Wǒ yǒngyuǎn zhuīqiú ānjìng de gōngzuò hé jiǎndān de jiātíng shēnghuó
我 永遠 追求 / 安靜 的 工作 / 和 簡單 的 家庭 生活 。
Wèile shíxiàn zhège lǐxiǎng wǒ jiélì bǎochí níngjìng de huánjìng yǐmiǎn
為了 實現 這個 理想 ，我 竭力 保持 / 寧靜 的 環境 ，以免
shòu rénshì de gānrǎo hé shèngmíng de tuōlěi
受 人事 的 干擾 / 和 盛名 的 拖累。

❷ 詞語練習

（一）難讀字詞認記

當事情**結束**的時候	jiéshù 結束
正如蠶被**鞭策**着去**結繭**一般	biāncè 鞭策　jié jiǎn 結 繭
坐在簡陋的書房裏**艱辛**地研究	jiānxīn 艱辛
我**竭力**保持寧靜的環境，以免受人事的**干擾**和盛名的拖累	jiélì 竭力　gānrǎo 干擾

（二）必讀輕聲詞、一般輕讀詞練習（一般輕讀詞的輕讀音節，注音前加圓點作標記）

當**事情**結束**的時候**	shìqing 事情　shíhou 時候
我**已經**盡我所能**了**	yǐ·jīng 已經
我因病被迫在**家裏休息**數周	jiā·lǐ 家裏　xiūxi 休息
或許是**因為**有某種**力量**在鞭策**着**我	yīn·wèi 因為　lì·liàng 力量

（三）多音字分辨

望着這些蠶執**着**地、勤奮地工作，我感到和它們非常相**似**	zhízhuó 執着 / kànzhe 看着 xiāngsì 相似 / shìde 似的
受人事的干擾和盛名的拖**累**	tuōlěi 拖累 / hěn lèi 很 累
少女時期我在巴黎大學	shàonǚ 少女 / shǎoshù 少數

（四）四字詞

jiānrèn-bùbá 堅韌不拔	wènxīn-wúkuì 問心無愧
jìn wǒ suǒ néng 盡 我 所 能	zhuānxīn-zhìzhì 專心致志

3 發音分辨

（一）翹舌音、平舌音、舌面音聲母分辨（zh ch sh /z c s /j q x）

當**事情結束**的**時**候	shìqing jiéshù shíhou 事情 結束 時候
注視着我的女兒們**所**養的**蠶正在結繭**	zhùshìzhe suǒ cán zhèngzài jié jiǎn 注視着 所 蠶 正在 結 繭
望**着這些蠶執着**地、**勤**奮地工**作**	zhèxiē zhízhuó qínfèn gōngzuò 這些 執着 勤奮 工作
有某**種**力量**在**鞭**策着**我	mǒu zhǒng biāncè 某 種 鞭策
孤獨地過**着求學**的**歲**月	qiúxué suìyuè 求學 歲月

（二）前鼻韻母、後鼻韻母分辨（-n /-ng）

最要**緊**的，還是我**們**自己要有**信心**	yàojǐn wǒmen xìnxīn 要緊 我們 信心
像在**夢幻中**一**般**，坐在**簡**陋的書**房**裏**艱辛**地**研**究	xiàng mènghuàn zhōng yìbān 像 夢幻 中 一般 jiǎnlòu shūfáng jiānxīn yánjiū 簡陋 書房 艱辛 研究
我**永遠**追求**安靜**的工作和**簡單**的家**庭生**活	yǒngyuǎn ānjìng gōngzuò 永遠 安靜 工作 jiǎndān jiātíng shēnghuó 簡單 家庭 生活

（三）n 聲母、l 聲母分辨

我總是**耐**心地把自己的**努力**集中在一個目標上	nàixīn nǔlì 耐心 努力
近五十**年來**，我致**力**於科學研究，而研究，就是對**真理**的探討	wǔshí nián lái zhēnlǐ 五十 年 來 真理
我有許多美好快**樂**的記憶	kuàilè 快樂
少**女**時期我在巴**黎**大學	shàonǚ Bālí 少女 巴黎
坐在簡**陋**的書房**裏**艱辛地研究	jiǎnlòu shūfáng·lǐ 簡陋 書房裏

（四）一字聲調練習（按照實際讀出的聲調注音）

我們對每**一**件事情都具有天賦的才能	yí jiàn 一 件
有**一**年的春天	yì nián 一 年
像它們**一**樣	yíyàng 一樣
把自己的努力集中在**一**個目標上	yí gè 一 個
正如蠶被鞭策着去結繭**一**般	yìbān 一般

（五）不字聲調練習（按照實際讀出的聲調注音）

我們必須有堅韌**不**拔的精神	jiānrèn-bùbá 堅韌不拔
我們有對事業而**不**是對財富的興趣	bú shì 不 是

作品 44 號《我為什麼當教師》

❶ 重點句、段練習

參考句中停頓的提示，把握朗讀時的流暢度

（1） Wǒ wèishénme fēi yào jiāoshū bùkě Shì yīn·wèi wǒ xǐhuan dāng jiàoshī de
我 為什麼 / 非 要 教書 不可？是 因為 / 我 喜歡 當 教師 的
shíjiān ānpáibiǎo hé shēnghuó jiézòu
時間 安排表 / 和 生活 節奏。

（2） Dāng jiàoshī yìwèizhe qīnlì chuàngzào guòchéng de fāshēng qiàsì
當 教師 / 意味着 / 親歷 "創造" 過程 的 發生 ——恰似
qīnshǒu fùyǔ yì tuán nítǔ yǐ shēngmìng méi·yǒu shénme bǐ mùdǔ tā
親手 賦予 / 一 團 泥土 以 生命 ， 沒有 什麼 / 比 目睹 它
kāishǐ hūxī gèng jīdòng rénxīn de le
開始 呼吸 / 更 激動 人心 的 了。

（3） Jiāoshū hái gěi wǒ jīnqián hé quánlì zhīwài de dōngxi nà jiùshì àixīn
教書 / 還 給 我 金錢 和 權利 之外 的 東西 ，那 / 就是 愛心。
Bùjǐn yǒu duì xuésheng de ài duì shūjí de ài duì zhīshi de ài háiyǒu
不僅 / 有 對 學生 的 愛，對 書籍 的 愛，對 知識 的 愛， 還有
jiàoshī cái néng gǎnshòudào de duì tèbié xuésheng de ài
教師 / 才 能 感受到 的 / 對 "特別" 學生 的 愛。

❷ 詞語練習

（一）難讀字詞認記

將三者有機**融合**	rónghé 融合
幹這行給了我多種多樣的“**甘泉**”去**品嚐**	gānquán pǐncháng 甘泉 品嚐
多種途徑、機遇和**挑戰**	tiǎozhàn 挑戰
沒有什麼比**目睹**它開始呼吸更激動人心的了	mùdǔ 目睹
我有**權利**去啟發**誘導**	quánlì yòudǎo 權利 誘導
接受了老師的**熾愛**才勃發了生機	chì'ài 熾愛

（二）必讀輕聲詞、一般輕讀詞練習（一般輕讀詞的輕讀音節，注音前加圓點作標記）

是**因為**我**喜歡**當教師**的**時間安排表	yīn·wèi xǐhuan 因為 喜歡
正是優秀教師素質中不可缺少**的成分**	chéng·fèn 成分
還有**什麼**別**的**權利能與之相比**呢**	shénme biéde 什麼 別的
教書還給我金錢和權利之外**的東西**	dōngxi 東西
對**知識的**愛，……對“特別”**學生的**愛	zhīshi xuésheng 知識 學生

（三）多音字分辨

多種途徑、機遇和**挑戰**	tiǎozhàn tiāoxuǎn 挑戰 / 挑選
恰**似**親手賦予一團泥土以生命	qiàsì shìde 恰似 / 似的

（四）四字詞

bùkě quēshǎo 不可 缺少	jīdòng rénxīn 激動 人心
zhǐdiǎn míjīn 指點 迷津	míngwán-bùlíng 冥頑不靈
bófā shēngjī 勃發 生機	

3 發音分辨

（一）翹舌音、平舌音、舌面音聲母分辨（zh ch sh /z c s /j q x）

我**喜**歡當**教師**的**時間**安排表和**生**活**節奏**	xǐhuan jiàoshī shíjiān 喜歡 教師 時間 shēnghuó jiézòu 生活 節奏
優**秀教師素質中**不可**缺少**的**成**分	yōuxiù sùzhì zhōng 優秀 素質 中 quēshǎo chéng·fèn 缺少 成分
教學工**作**給我提供和**繼續學習**的**時間**保**證**	jiàoxué gōngzuò jìxù 教學 工作 繼續 xuéxí bǎozhèng 學習 保證
去讚揚回答的**嘗試**，**去**推**薦書籍**	qù zànyáng chángshì 去 讚揚 嘗試 tuījiàn shūjí 推薦 書籍
由於**接**受了老**師**的**熾**愛**才**勃發了**生機**	jiēshòu chì'ài cái shēngjī 接受 熾愛 才 生機

（二）前鼻韻母、後鼻韻母分辨（-n /-ng）

我愛這一**行**的**真正原因**	háng zhēnzhèng yuányīn 行 真正 原因

學**生們**在我的**眼前成長變**化	xuéshengmen 學生們 yǎnqián 眼前 chéngzhǎng 成長 biànhuà 變化
當教師意味着**親**歷"**創**造"過**程**的發**生**	dāng 當 qīnlì 親歷 chuàngzào 創造 guòchéng 過程 fāshēng 發生
教書還給我**金錢**和**權**利之外的**東**西	jīnqián 金錢 quánlì 權利 dōngxi 東西

（三）n 聲母、l 聲母分辨

寫作的**良**機	liángjī 良機
權**利**我也有**了**	quánlì 權利
有如冥頑不**靈**的**泥**塊	míngwán-bùlíng 冥頑不靈 níkuài 泥塊
接受了**老**師的熾愛	lǎoshī 老師

（四）一字聲調練習（按照實際讀出的聲調注音）

我愛這**一**行的真正原因	yì háng 一 行
恰似親手賦予**一**團泥土以生命	yì tuán 一 團

（五）不字聲調練習（按照實際讀出的聲調注音）

我為什麼非要教書**不**可	bùkě 不可
不僅有對學生的愛	bùjǐn 不僅
有如冥頑**不**靈的泥塊	míngwán-bùlíng 冥頑不靈

作品45號《西部文化和西部開發》

1 重點句、段練習

參考句中停頓的提示，把握朗讀時的流暢度

（1） Zhōngguó xībù wǒmen tōngcháng shì zhǐ Huáng Hé yǔ Qín Lǐng xiānglián yí
中國 西部/我們 通常 是指/ 黃河與秦嶺 相連一
xiàn yǐ xī bāokuò xīběi hé xīnán de shí'èr gè shěng shì zìzhìqū
線以西，包括/西北和西南的/十二個 省 、市、自治區。
Zhè kuài guǎngmào de tǔdì miànjī wéi wǔbǎi sìshíliù wàn píngfāng gōnglǐ
這塊 廣袤 的土地/面積/為五百四十六萬 平方 公里，
zhàn guótǔ zǒng miànjī de bǎi fēn zhī wǔshíqī rénkǒu èr diǎn bā yì zhàn
佔國土總面積的/百分之五十七；人口/二點八億，佔
quánguó zǒng rénkǒu de bǎi fēn zhī èrshísān
全國 總 人口的/百分之二十三。

（2） Zhè liǎng chù gǔ rénlèi dōu bǐ jù jīn yuē wǔshí wàn nián de Běijīng yuánrén
這兩處古人類/都比距今約五十萬年的/北京 猿人
zī·gé gèng lǎo
資格更老。

（3） Xībù dìqū shì Huáxià wénmíng de zhòngyào fāyuándì
西部地區/是華夏 文明 的/ 重要 發源地。

② 詞語練習

（一）難讀字詞認記

這塊**廣袤**的土地**面積**為五百四十六萬平方公里	guǎngmào 廣袤　miànjī 面積
黃河中游出土過藍田人**頭蓋骨**，**距今**約七十萬年	tóugàigǔ 頭蓋骨　jù jīn 距今
東西方文化在這裏**交匯融合**	jiāohuì 交匯　rónghé 融合
為世界所**矚目**	zhǔmù 矚目

（二）必讀輕聲詞、一般輕讀詞練習（一般輕讀詞的輕讀音節，注音前加圓點作標記）

北京猿人**資格**更老	zī·gé 資格
黃河中游出土**過**藍田人頭蓋骨	chūtǔguo 出土過

（三）多音字分辨

西部是**華**夏文明的源頭	Huáxià 華夏 / Huàshān 華山
幾乎包括了我國所有的**少數**民族	jīhū 幾乎 / jǐhé 幾何
	shǎoshù 少數 / dàoshǔ 倒數

（四）四字詞

fó yuàn shēn sì 佛院深寺	mùgǔ-chénzhōng 暮鼓晨鐘
jiānshōu-bìngxù 兼收並蓄	huīhóng qìdù 恢宏氣度
jīngměi-juélún 精美絕倫	bódà-jīngshēn 博大精深

（五）人名、專名

Huáng Hé 黃 河	Qín Lǐng 秦 嶺
Cháng Jiāng 長 江	Dūnhuáng 敦煌
Mògāokū 莫高窟	Hàn Jìn 漢 晉
Qínshǐhuáng Bīngmǎyǒng 秦始皇 兵馬俑	Xīxià wánglíng 西夏 王陵
Lóulán gǔguó 樓蘭 古國	Bùdálāgōng 布達拉宮
Sānxīngduī 三星堆	Dàzú shíkè 大足 石刻

❸ 發音分辨

（一）翹舌音、平舌音、舌面音聲母分辨（zh ch sh / z c s / j q x）

華**夏祖先**的**腳**步**是順着水**邊**走**的	Huáxià zǔxiān jiǎobù shì 華夏 祖先 腳步 是 shùnzhe shuǐbiān zǒu 順着 水邊 走
它**在繼承**漢**晉**藝**術傳**統的**基礎上**	zài jìchéng Jìn yìshù 在 繼承 晉 藝術 chuántǒng jīchǔ ·shàng 傳統 基礎 上
成為**中**華文化**重**要的**象徵**	chéngwéi Zhōnghuá 成為 中華 zhòngyào xiàngzhēng 重要 象徵
西部地**區**又**是少數**民**族及其**文化的**集萃**地	Xībù dìqū shǎoshù mínzú 西部 地區 少數 民族 jíqí jícuìdì 及其 集萃地

（二）前鼻韻母、後鼻韻母分辨（-n /-ng）

黃河與**秦嶺相連**一**線**以西	Huáng Hé　Qín Lǐng　xiānglián　xiàn 黃 河　秦 嶺　相連　線
展現出**精**美絕**倫**的藝術**形**式	zhǎnxiàn　jīngměi-juélún　xíngshì 展現　精美絕倫　形式
在一些**偏遠**的少數**民**族地區	piānyuǎn　mínzú 偏遠　民族

（三）n 聲母、l 聲母分辨

西北和西**南**的二十個省、市、自治區	xīnán 西南
藍田人頭蓋骨	Lántiánrén 藍田人
這**兩**處古人**類**都比距今約五十萬**年**的北京猿人資格更**老**	liǎng chù　rénlèi　nián　lǎo 兩 處　人類　年　老
西夏王**陵**、**樓蘭**古國、布達**拉**宮	wánglíng　Lóulán　Bùdálāgōng 王陵　樓蘭　布達拉宮
博大精深的文化**內**涵	nèihán 內涵

（四）一字聲調練習（按照實際讀出的聲調注音）

黃河與秦嶺相連**一**線以西	yí xiàn 一 線
距今約**一**百七十萬年	yìbǎi 一百
是世界文化史上的**一**個奇跡	yí gè 一 個
在**一**些偏遠的少數民族地區	yìxiē 一些

作品 46 號《喜悅》

1 重點句、段練習

參考句中停頓的提示，把握朗讀時的流暢度

（1）
Gāoxìng zhè shì yì zhǒng jùtǐ de bèi kàndedào mōdezháo de shìwù
高興，這是一種/具體的/被看得到摸得着的事物/
suǒ huànqǐ de qíng·xù Tā shì xīnlǐ de gèng shì shēnglǐ de Tā róng·yì lái
所喚起的情緒。它是心理的，更是生理的。它容易來/
yě róng·yì qù shéi yě bù yīnggāi duì tā shì'érbújiàn shīzhījiāobì shéi yě bù
也容易去，誰也不應該/對它視而不見/失之交臂，誰也不
yīnggāi zǒngshì zuò nàxiē shǐ zìjǐ bù gāoxìng yě shǐ pángrén bù gāoxìng
應該/總是做那些/使自己不高興/也使旁人不高興
de shì
的事。

（2）
Xiāomiè yí gè rén de kuàilè bǐ wājué diào yì kē dàshù de gēn yào nán de
消滅一個人的快樂/比挖掘掉一棵大樹的根/要難得
duō
多。

（3）
Tā láizì miànxiàngzhe wèilái shēnkāi shuāngbì bēnpǎo de chōnglì tā
它來自面向着未來/伸開雙臂奔跑的衝力，……它
yòu shì dàyǔ guòhòu de bǐ xiàyǔ háiyào měimiào de duō yě jiǔyuǎn de duō
又是大雨過後的/比下雨還要美妙得多/也久遠得多
de huíwèi
的回味……

❷ 詞語練習

（一）難讀字詞認記

尊重你自己，也尊重別人	zūnzhòng 尊重
一種富有**概括**性的生存狀態	gàikuò 概括
它是世界的豐富、**絢麗**、**闊大**、悠久的體現	xuànlì kuò dà 絢麗 闊 大
消滅一個人的快樂比**挖掘**掉一棵大樹的根要難得多	wājué 挖掘
歡欣，這是一種青春的、詩意的**情感**	huānxīn qínggǎn 歡欣 情感
來自面向着未來伸開**雙臂**奔跑的衝力	shuāngbì 雙臂
朦朧而又**隱秘**的激動	yǐnmì 隱秘
它是激情即將到來的**預兆**	yùzhào 預兆
喜悅，它是一種帶有**形而上**色彩的修養和境界	xíng ér shàng 形 而 上
一種**超拔**、一種悲天憫人的**寬容**和理解	chāobá kuānróng 超拔 寬容

（二）必讀輕聲詞、一般輕讀詞練習（一般輕讀詞的輕讀音節，注音前加圓點作標記）

它**容易**來也**容易**去	róng·yì 容易
也尊重**別人**	bié·rén 別人
快樂還是一種**力量**	lì·liàng 力量
與其説它是一種**情緒**	qíng·xù 情緒

（三）多音字分辨

看得到摸得**着**	mōdezháo zhuóluò kànzhe 摸得着 / 着落 / 看着
誰也不應該總是做那些使自己不高**興**也使旁人不高興的事	gāoxìng xīngfèn 高興 / 興奮
輕鬆而又神**秘**	shénmì Bìlǔ 神秘 / 秘魯
比挖掘掉一棵大樹的根要**難**得多	nán de duō kǔnàn 難 得 多 / 苦難
它是激情即**將**到來的預兆	jíjiāng jiànglǐng 即將 / 將領

（四）四字詞

shì'érbújiàn 視而不見	shīzhījiāobì 失之交臂
bēitiān-mǐnrén 悲天憫人	bǎojīng-cāngsāng 飽經滄桑

❸ 發音分辨

（一）翹舌音、平舌音、舌面音聲母分辨（zh ch sh /z c s /j q x）

尊重你**自己**	zūnzhòng zìjǐ 尊重 自己
它**是世界**的豐富、**絢**麗、闊大、悠**久**的**體現**	shì shìjiè xuànlì yōujiǔ 是 世界 絢麗 悠久 tǐxiàn 體現
它**是激情即將**到來的預**兆**	jīqíng jíjiāng yùzhào 激情 即將 預兆
一**種**飽**經滄桑**的**充**裕和**自信**	yì zhǒng bǎojīng-cāngsāng 一 種 飽經滄桑 chōngyù zìxìn 充裕 自信

喜悅，它**是**一**種**帶有**形**而**上**的**修養**和**境界**	xǐyuè 喜悅 xíng ér shàng 形 而 上 xiūyǎng 修養 jìngjiè 境界

（二）前鼻韻母、後鼻韻母分辨（-n /-ng）

它是**心**理的，**更**是**生**理的	xīnlǐ 心理 gèng shì 更 是 shēnglǐ 生理
富有概括**性**的**生存狀**態	gàikuòxìng 概括性 shēngcún 生存 zhuàngtài 狀態
它幾乎是**先驗**的，它來自**生命本身**的活力	xiānyàn 先驗 shēngmìng 生命 běnshēn 本身
歡欣，這是一**種青春**的、詩意的**情感**	huānxīn 歡欣 zhǒng 種 qīngchūn 青春 qínggǎn 情感

（三）n 聲母、l 聲母分辨

這是每一個人的權**利**	quánlì 權利
快**樂**還是一種**力**量	kuàilè 快樂 lì·liàng 力量
來自面向着未**來**伸開雙臂奔跑的衝**力**	láizì 來自 wèilái 未來 chōnglì 衝力
朦**朧**而又隱秘的激動	ménglóng 朦朧
要**難**得多	nán de duō 難 得 多

（四）一字聲調練習（按照實際讀出的聲調注音）

一件最容易做也最令人高興的事	yí jiàn 一 件
一棵大樹的根	yì kē 一 棵
快樂還是**一**種力量	yì zhǒng 一 種
消滅**一**個人的快樂	yí gè 一 個

（五）**不字聲調練習**（按照實際讀出的聲調注音）

誰也**不**應該對它視而**不**見	bù yīnggāi shì'érbújiàn 不 應該 視而不見
使旁人**不**高興的事	bù gāoxìng 不 高興
不如説它是一種智慧	bùrú 不如

作品 47 號《香港:最貴的一棵樹》

1 重點句、段練習

參考句中停頓的提示，把握朗讀時的流暢度

（1）
Zài Wānzǐ Xiānggǎng zuì rènao de dìfang yǒu yì kē róngshù tā shì zuì guì
在 灣仔， 香港 最熱鬧的 地方，有 一 棵 榕樹 ，它 是／最 貴
de yì kē shù bùguāng zài Xiānggǎng zài quánshìjiè dōu shì zuì guì de
的 一 棵 樹， 不光 在 香港 ，在 全世界 ，都 是 最 貴 的。

（2）
Tàigǔ Dàshà de jiànshèzhě zuìhòu qiānle hétong zhànyòng zhège dà shānpō
太古 大廈 的 建設者／最後 簽了 合同， 佔用 ／這個 大 山坡／
jiàn háohuá shāngshà de xiānjué tiáojiàn shì tóngyì bǎohù zhè kē lǎoshù
建 豪華 商廈 的 先決 條件 是／同意 保護 這 棵 老樹 。

（3）
Shù zhǎng zài bànshānpō ·shàng jìhuà jiāng shù xià·miàn de chéngqiān-shàngwàn
樹／長 在 半山坡 上 ，計劃／將 樹 下面 的 成千上萬
dūn shānshí quánbù tāokōng qǔzǒu téngchū dìfang ·lái gài lóu
噸 山石／全部 掏空 取走， 騰出 地方 來 蓋 樓，……

❷ 詞語練習

（一）難讀字詞認記

香港人不忍看着它被**砍伐**	kǎnfá 砍伐
佔用這片大**山坡**建豪華**商廈**	shānpō shāngshà 山坡 商廈
將樹下面的成千上萬噸山石全部**掏空**取走	tāokōng 掏空
彷彿它原本是長在樓頂上似的	fǎngfú 彷彿
一個直徑十八米、深十米的大**花盆**	huāpén 花盆
取名叫“**榕圃**”	Róngpǔ 榕圃

（二）必讀輕聲詞、一般輕讀詞練習（一般輕讀詞的輕讀音節，注音前加圓點作標記）

香港最**熱鬧的地方**	rènao dìfang 熱鬧 地方
太古大廈**的**建設者最後簽**了合同**	hétong 合同

（三）兒化詞練習

可以在**這兒**建大樓蓋商廈	zhèr 這兒
那兒是一片自然景色	nàr 那兒

（四）多音字分辨

彷彿它原本是長在樓頂上**似**的	shìde sìhū 似的 / 似乎
樹**冠**直徑足有二十多米	shùguān guànjūn 樹冠 / 冠軍
全部掏**空**取走	tāokōng kòngwèi 掏空 / 空位

（五）四字詞

bǎinián cāngsāng 百年　滄桑	chéngqiān-shàngwàn 成千上萬
dúmù-chénglín 獨木成林	

3 發音分辨

（一）翹舌音、平舌音、舌面音聲母分辨（zh ch sh /z c s / j q x）

不光**在香**港，在**全世界**，都是**最**貴的	zài 在　Xiānggǎng 香港　quánshìjiè 全世界　zuì 最
便跟要**佔**用**這**片**山**坡的**建築者**談條**件**	zhànyòng 佔用　zhè 這　shānpō 山坡 jiànzhùzhě 建築者　tiáojiàn 條件
成為**香**港鬧**市中**的一**景**	chéngwéi 成為　nàoshì 鬧市　zhōng 中　yì 一　jǐng 景
建豪華**商廈**的**先決**條**件是**同意保留這棵老**樹**	shāngshà 商廈　xiānjué 先決　lǎoshù 老樹

（二）前鼻韻母、後鼻韻母分辨（-n /-ng）

是**香港**百**年滄桑**的活**見證**	Xiānggǎng 香港　bǎinián 百年　cāngsāng 滄桑　jiànzhèng 見證
騰出地**方**來蓋樓	téngchū 騰出　dìfang 地方
堪稱是最**昂**貴的保護措施了	kānchēng 堪稱　ángguì 昂貴
獨木**成林**，非**常壯**觀	dúmù-chénglín 獨木成林　fēicháng 非常　zhuàngguān 壯觀

（三）n 聲母、l 聲母分辨

香港最熱**鬧**的地方	rènao 熱鬧
可以在這兒建大**樓**蓋商廈	dàlóu 大樓
二不准**挪**樹	nuó shù 挪 樹
先固定好這棵**老**樹	lǎoshù 老樹

（四）一字聲調練習（按照實際讀出的聲調注音）

是最貴的**一**棵樹	yì kē 一 棵
一不准砍樹	yī bùzhǔn 一 不准 （序數讀原調）
成為香港鬧市中的**一**景	yì jǐng 一 景
光這**一**項就花了兩千三百八十九萬港幣	yí xiàng 一 項
那兒是**一**片自然景色	yí piàn 一 片
形成**一**座以它為中心的小公園	yí zuò 一 座
樹幹有**一**米半粗	yì mǐ 一 米

（五）不字聲調練習（按照實際讀出的聲調注音）

不光在香港	bùguāng 不光
又**不**賣	bú mài 不 賣
香港人**不**忍看着它被砍伐	bùrěn 不忍
二**不**准挪樹	bùzhǔn 不准

作品 48 號《小鳥的天堂》

❶ 重點句、段練習

參考句中停頓的提示，把握朗讀時的流暢度

（1） Wǒmen de chuán jiànjiàn de bījìn róngshù le Wǒ yǒu jī·huì kànqīng tā
我們的船／漸漸地逼近榕樹了。我有機會／看清它
de zhēn miànmù shì yì kē dàshù yǒu shù·bùqīng de yāzhī zhī ·shàng
的真面目：是一棵大樹，有數不清的丫枝，枝上／
yòu shēng gēn yǒu xǔduō gēn yìzhí chuídào dì·shàng shēnjìn nítǔ ·lǐ
又生根，有許多根／一直垂到地上，伸進泥土裏。

（2） Cuìlǜ de yánsè míngliàng de zài wǒmen de yǎnqián shǎnyào sìhū měi yí
翠綠的顏色／明亮地／在我們的眼前閃耀，似乎每一
piàn shùyè ·shàng dōu yǒu yí gè xīn de shēngmìng zài chàndòng zhè měilì
片樹葉上／都有一個新的生命在顫動，這／美麗
de nánguó de shù
的／南國的樹！

（3） Wǒ fǎngfú tīng·jiàn jǐ zhī niǎo pū chì de shēngyīn dànshì děngdào wǒ de
我彷彿聽見／幾隻鳥／撲翅的聲音，但是／等到我的
yǎnjing zhùyì de kàn nà·lǐ shí wǒ què kàn·bújiàn yì zhī niǎo de yǐngzi
眼睛／注意地看那裏時，我卻看不見／一隻鳥的影子。
Zhǐyǒu wúshù de shùgēn lì zài dì ·shàng xiàng xǔduō gēn mùzhuāng
只有無數的樹根／立在地上，像許多根木樁。

2 詞語練習

（一）難讀字詞認記

一部分樹枝**垂到**水面	chuídào 垂到
就像一棵大樹**斜躺**在水面上一樣	xié tǎng 斜 躺
每一片樹葉上都有一個新的生命在**顫動**	chàndòng 顫動
船在樹下**泊**了片刻	bó 泊
有許多鳥在這棵樹上**做窩**，農民不許人去**捉**它們	zuò wō zhuō 做 窩 捉
一個朋友**撥**着船，**緩緩**地流到河中間去	bō huǎnhuǎn 撥 緩緩

（二）必讀輕聲詞、一般輕讀詞練習（一般輕讀詞的輕讀音節，注音前加圓點作標記）

我有**機會**看清它**的**真面目	jī·huì 機會
那麼多**的**綠葉	nàme 那麼
我們沒有上去	wǒmen méi·yǒu shàng·qù 我們 沒有 上去
朋友說這**裏**是"鳥**的**天堂"	péngyou zhè·lǐ 朋友 這裏
我彷彿**聽見**幾隻鳥撲翅**的**聲音	tīng·jiàn 聽見
等到我**的眼睛**注意**地**看那**裏**時	yǎnjing nà·lǐ 眼睛 那裏
我卻看不**見**一隻鳥**的影子**	kàn·bújiàn yǐngzi 看不見 影子
就是那個有山有塔**的地方**	dìfang 地方
這一次是在**早晨**	zǎo·chén 早晨

（三）兒化詞練習

不留一點**兒**縫隙	yìdiǎnr 一點兒

（四）多音字分辨

不留一點兒**縫**隙	fèngxì　fénghé 縫隙 / 縫合
漲潮時河水常常沖上岸去	zhǎngcháo　gāozhàng 漲潮 / 高漲

（五）四字詞

zhīfán-yèmào 枝繁葉茂	yǒu shān yǒu tǎ 有 山 有 塔

❸ 發音分辨

（一）翹舌音、平舌音、舌面音聲母分辨（zh ch sh /z c s /j q x）

翠綠的顏**色**明亮地**在**我們的眼**前閃**耀	cuìlǜ　yánsè　zài　yǎnqián　shǎnyào 翠綠　顏色　在　眼前　閃耀
一**簇**堆**在**另一**簇**的**上**面，不留一點兒縫**隙**	yí cù　shàng·miàn　fèngxì 一 簇　上面　縫隙
我彷彿聽**見幾隻**鳥撲**翅**的**聲**音	tīng·jiàn　jǐ zhī　pū chì　shēngyīn 聽見　幾 隻　撲 翅　聲音
像**許**多根木**樁**	xǔduō　mùzhuāng 許多　木樁
大概**漲潮時**河**水常常沖上**岸**去**	zhǎngcháo shí　héshuǐ　chángcháng 漲潮　時　河水　常常 chōng·shàng　àn·qù 沖上　岸去
我們划**着船**到一個朋友的**家鄉去**	huázhe chuán　jiāxiāng 划着　船　家鄉

（二）前鼻韻母、後鼻韻母分辨（-n / -ng）

一個**新**的**生命**在**顫動**	xīn de shēngmìng chàndòng 新 的 生命 顫動
只有無數的樹**根**立在地上	shùgēn 樹根
一個**朋**友撥着**船**，**緩緩**地流到河**中間**去	péngyou chuán huǎnhuǎn zhōngjiān 朋友 船 緩緩 中間

（三）n 聲母、l 聲母分辨

伸進**泥**土裏	nítǔ 泥土
翠**綠**的顏色明**亮**地在我們的眼前閃耀	cuìlǜ míngliàng 翠綠 明亮
這美**麗**的**南**國的樹	měilì nánguó 美麗 南國
農民不許人去捉它們	nóngmín 農民
緩緩地**流**到河中間去	liúdào 流到
"**鳥**的天堂"裏沒有一隻**鳥**	niǎo 鳥

（四）一字聲調練習（按照實際讀出的聲調注音）

有許多根**一**直垂到地上	yìzhí 一直
一部分樹枝垂到水面	yí bùfen 一 部分
一簇堆在另**一**簇的上面	yí cù 一 簇
不留**一**點兒縫隙	yìdiǎnr 一點兒
每**一**片樹葉上都有**一**個新的生命在顫動	yí piàn yí gè 一 片 一 個
這**一**次是在早晨	yí cì 一 次
一切都顯得非常光明	yíqiè 一切

（五）不字聲調練習（按照實際讀出的聲調注音）

有數**不**清的丫枝	shǔ·bùqīng 數不清
不留一點兒縫隙	bù liú 不 留
農民**不**許人去捉它們	bùxǔ 不許
我卻看**不**見一隻鳥的影子	kàn·bújiàn 看不見

作品 49 號 《野草》

1 重點句、段練習

參考句中停頓的提示，把握朗讀時的流暢度

（1） Yǒu rén wèn Shìjiè ·shàng shénme dōngxi de qìlì zuì dà Huídá fēnyún de
有 人 問：世界 上 / 什麼 東西 的 氣力 最 大？回答 / 紛紜 得
hěn yǒude shuō xiàng yǒude shuō shī yǒu rén kāi wánxiào shìde
很，有的 說 /“象”，有的 說 /“獅”，有 人 開 玩笑 似的
shuō shì Jīngāng Jīngāng yǒu duō·shǎo qìlì dāngrán dàjiā quán bù
說 ：是“金剛”， 金剛 / 有 多少 氣力， 當然 大家 全 不
zhī·dào
知道 。

（2） Hòulái hūrān yǒu rén fāmíngle yí gè fāngfǎ jiùshì bǎ yìxiē zhíwù de
後來 / 忽然 有 人 發明了 一 個 方法 ，就是 / 把 一些 植物 的
zhǒngzi fàng zài yào pōuxī de tóugàigǔ ·lǐ gěi tā yǐ wēndù yǔ shīdù shǐ
種子 / 放 在 要 剖析 的 頭蓋骨 裏，給 它 以 溫度 / 與 濕度，使
tā fāyá
它 發芽。

（3） Nǐ kàn·jiànguo bèi yā zài wǎlì hé shíkuài xià·miàn de yì kē xiǎocǎo de
你 / 看見過 / 被 壓 在 瓦礫 / 和 石塊 下面 的 一 顆 小草 / 的
shēngzhǎng ma
生長 嗎？

❷ 詞語練習

（一）難讀字詞認記

人的**頭蓋骨**	tóugàigǔ 頭蓋骨
生理學家和**解剖**學者用盡了一切的方法	jiěpōu 解剖
將一切**機械力**所不能分開的**骨骼**，完整地分開了	jīxièlì　gǔgé 機械力　骨骼
也許**特殊**了一點兒	tèshū 特殊
被壓在**瓦礫**和石塊下面	wǎlì 瓦礫
他為着**嚮往**陽光	xiàngwǎng 嚮往
石塊與石塊之間如何**狹**	xiá 狹
它的根往**土壤**鑽	tǔrǎng 土壤
這是一種不可**抗拒**的力，阻止它的石塊，結果也被它**掀翻**	kàngjù　xiānfān 抗拒　掀翻

（二）必讀輕聲詞、一般輕讀詞練習（一般輕讀詞的輕讀音節，注音前加圓點作標記）

有這樣一個**故事**	gù shi 故事
世界**上什麼東西的**氣力最大	shénme　dōngxi 什麼　東西
金剛有**多少**氣力	duō·shǎo 多少
當然大家全不**知道**	zhī·dào 知道
都沒有這種**力氣**	lìqi 力氣
這些**種子**便以可怕**的力量**	zhǒngzi　lì·liàng 種子　力量

（三）多音字分辨

不管上面的石塊如何**重**	rúhé zhòng chóngfù 如何 重 / 重複
它的根往土壤**鑽**	zuān zuànshí 鑽 / 鑽石
這些**種**子便以可怕的力	zhǒngzi gēngzhòng 種子 / 耕種
阻止它的石塊，**結**果也被它掀翻	jiéguǒ 結果（事物發展達到的最後狀態）/ jiēguǒ 結果（長出果實開花結果）

（四）四字詞

qūqū-zhézhé 曲曲折折	wánqiáng-bùqū 頑強不屈

❸ 發音分辨

（一）翹舌音、平舌音、舌面音聲母分辨（zh ch sh / z c s / j q x）

世界上**氣**力**最**大的，是**植**物的**種子**	shìjiè qìlì zuì zhíwù zhǒngzi 世界 氣力 最 植物 種子
結合得非**常緻**密與**堅**固	jiéhé fēicháng zhìmì jiāngù 結合 非常 緻密 堅固
生理**學**家和**解**剖**學者**	shēnglǐxuéjiā jiěpōuxuézhě 生理學家 解剖學者
為**着**達**成**它的**生之**意**志**	wèizhe dáchéng shēng zhī yìzhì 為着 達成 生 之 意志
阻止它的**石**塊，**結**果也被它**掀**翻	zǔzhǐ shíkuài jiéguǒ xiānfān 阻止 石塊 結果 掀翻

（二）前鼻韻母、後鼻韻母分辨（-n /-ng）

回答**紛紜**得**很**	fēnyún hěn 紛紜 很
金剛有多少氣力	Jīngāng 金剛
可以**顯現**出來的力	xiǎnxiàn 顯現
他為着**嚮往陽光**	xiàngwǎng yángguāng 嚮往 陽光

（三）n 聲母、l 聲母分辨

被壓在瓦**礫**和石塊下面	wǎlì 瓦礫
常人不容易**理**解	lǐjiě 理解
一**粒**種子的**力量**	yí lì lì·liàng 一 粒 力量

（四）一字聲調練習（按照實際讀出的聲調注音）

有這樣**一**個故事	yí gè 一 個
一粒種子所可以顯現出來的力，簡直是超越**一**切	yí lì yíqiè 一 粒 一切
把**一**些植物的種子	yìxiē 一些
一發芽	yì fāyá 一 發芽
也許特殊了**一**點兒	yìdiǎnr 一點兒
石塊下面的**一**棵小草	yì kē 一 棵

（五）不字聲調練習（按照實際讀出的聲調注音）

當然大家全**不**知道	bù zhī·dào 不 知道

這一切答案完全**不**對	bú duì 不 對
常人**不**容易理解	bù róngyì 不 容易
將一切機械力所**不**能分開的骨骼	bùnéng 不能
不管上面的石塊如何重	bùguǎn 不管
頑強**不**屈地透到地面上來	wánqiáng-bùqū 頑強不屈
這是一種**不**可抗拒的力	bùkě 不可

作品 50 號 《一分鐘》

1 重點句、段練習

參考句中停頓的提示，把握朗讀時的流暢度

（1） Zhùmíng jiàoyùjiā Bānjiémíng céngjīng jiēdào yí gè qīngniánrén de qiújiù
著名 教育家 / 班傑明 / 曾經 接到 / 一 個 青年人 的 求救
diànhuà bìng yǔ nàge xiàngwǎng chénggōng kěwàng zhǐdiǎn de
電話 ， 並 與 那個 / 嚮往 成功 、 渴望 指點 的
qīngniánrén yuēhǎole jiànmiàn de shíjiān hé dìdiǎn
青年人 / 約好了 見面 的 時間 和 地點 。

（2） Bú dào yì fēnzhōng de shíjiān Bānjiémíng yòu dǎ kāi le fángmén bìng
不 到 一 分鐘 的 時間 ， 班傑明 / 又 打開了 房門 / 並
rèqíng de bǎ qīngniánrén ràngjìn kètīng Zhèshí qīngniánrén de yǎnqián
熱情 地 把 青年人 / 讓進 客廳。這時， 青年人 的 眼前 /
zhǎnxiàn chū lìng yì fān jǐngxiàng fángjiān nèi de yíqiè yǐ biàn·dé
展現 出 / 另 一 番 景象 —— 房間 內 的 一切 / 已 變得
jǐngrán-yǒuxù érqiě yǒu liǎng bēi gānggāng dàohǎo de hóngjiǔ zài dàndàn
井然有序 ，而且 / 有 兩 杯 剛剛 倒好 的 紅酒 ，在 淡淡
de xiāngshuǐ qìxī ·lǐ hái yàngzhe wēibō
的 香水 氣息 裏 / 還 漾着 微波。

（3） Kěshì méi děng qīngniánrén bǎ mǎnfù de yǒuguān rénshēng hé shìyè de
可是，沒 等 青年人 / 把 滿腹 的 有關 人生 和 事業 的
yínán wèntí xiàng Bānjiémíng jiǎng chū·lái Bānjiémíng jiù fēicháng kèqi de
疑難 問題 / 向 班傑明 講 出來 ， 班傑明 / 就 非常 客氣 地
shuōdào Gānbēi Nǐ kěyǐ zǒu le
說道 ：“乾杯。你 可以 走 了。”

❷ 詞語練習

（一）難讀字詞認記

渴望指點	kěwàng 渴望
房門**敞開**着	chǎngkāi 敞開
狼藉一片	lángjí 狼藉
滿腹的有關人生和事業的疑難問題	mǎnfù 滿腹
青年人手持酒杯一下子**愣住**了，既**尷尬**又非常**遺憾**地說	lèngzhù 愣住　gāngà 尷尬　yíhàn 遺憾

（二）必讀輕聲詞、一般輕讀詞練習（一般輕讀詞的輕讀音節，注音前加圓點作標記）

班傑明就**招呼**道	zhāohu 招呼
我**收拾**一下，你再進**來吧**	shōushi 收拾　jìn·lái 進來
班傑明就非常**客氣地**說道	kèqi 客氣
您讓我**明白了**一分鐘**的**時間可以做許多**事情**	míngbai 明白　shìqing 事情

（三）多音字分辨

兩杯剛剛**倒**好的紅酒	dàohǎo 倒好 / dǎotā 倒塌
班傑明一邊微笑着一邊**掃**視着自己的房間	sǎoshì 掃視 / sàozhou 掃帚

（四）四字詞

luànqībāzāo 亂七八糟	jǐngrán-yǒuxù 井然有序
yàngzhe wēibō 漾着 微波	qīngyán-xìyǔ 輕言細語
ruòyǒusuǒsī 若有所思	

3 發音分辨

（一）翹舌音、平舌音、舌面音聲母分辨（zh ch sh /z c s / j q x）

曾經接到一個**青**年人的**求救**電話	céngjīng jiēdào qīngniánrén qiújiù 曾經 接到 青年人 求救
一邊**掃視着自己**的房**間**	sǎoshìzhe zìjǐ fángjiān 掃視着 自己 房間
眼**前展現出**另一番**景象**	yǎnqián zhǎnxiàn chū jǐngxiàng 眼前 展現 出 景象
在淡淡的**香水氣息**	zài xiāngshuǐ qìxī 在 香水 氣息

（二）前鼻韻母、後鼻韻母分辨（-n /-ng）

班傑**明**的**房門敞**開着	Bānjiémíng fángmén chǎngkāi 班傑明 房門 敞開
那個**嚮往成功**、渴**望**指**點**的**青年人**	xiàngwǎng chénggōng kěwàng 嚮往 成功 渴望 zhǐdiǎn qīngniánrén 指點 青年人
有**關人生**和事業的疑**難問**題	yǒuguān rénshēng yínán wèntí 有關 人生 疑難 問題

（三）n 聲母、l 聲母分辨

房間**裏亂**七八糟、**狼**藉一片	fángjiān ·lǐ luànqībāzāo lángjí 房間 裏 亂七八糟 狼藉

展現出**另**一番景象	lìng yì fān 另 一 番
難道還不夠嗎	nándào 難道
青**年**人手持酒杯一下子**愣**住了	qīngniánrén lèngzhù 青年人 愣住

（四）一字聲調練習（按照實際讀出的聲調注音）

我收拾**一**下	yíxià 一下
狼藉**一**片	yí piàn 一 片
一邊說着	yìbiān 一邊
不到**一**分鐘的時間	yì fēnzhōng 一 分鐘
另**一**番景象	yì fān 一 番
房間內的**一**切	yíqiè 一切
青年人手持酒杯**一**下子愣住了	yíxiàzi 一下子

（五）不字聲調練習（按照實際讀出的聲調注音）

太**不**整潔了	bù zhěngjié 不 整潔
不到一分鐘的時間	bú dào 不 到
難道還**不**夠嗎	búgòu 不夠

作品 51 號 《一個美麗的故事》

❶ 重點句、段練習

參考句中停頓的提示，把握朗讀時的流暢度

（1）
Yǒu gè tā bízi de xiǎonánháir yīn·wèi liǎng suì shí déguo nǎoyán zhìlì
有個塌鼻子的小男孩兒，因為兩歲時/得過腦炎，智力
shòu sǔn xuéxí qǐ·lái hěn chīlì Dǎ gè bǐfang bié·rén xiě zuòwén néng
受損，學習起來/很吃力。打個比方，別人寫作文/能
xiě èr-sānbǎi zì tā què zhǐnéng xiě sān-wǔ háng Dàn jíbiàn zhèyàng de
寫二三百字，他/卻只能寫三五行。但/即便這樣的
zuòwén tā tóngyàng néng xiě de hěn dòngrén
作文，他同樣能寫得/很動人。

（2）
Yúshì jiùshì zhè piān zuòwén shēnshēn de dǎdòngle tā de lǎoshī
於是，就是這篇作文，深深地打動了/他的老師，
nà wèi māma shì de lǎoshī bùjǐn gěile tā zuì gāo fēn zài bān·shàng dài
那位/媽媽式的老師/不僅給了他最高分，在班上/帶
gǎnqíng de lǎngdúle zhè piān zuòwén hái yìbǐ-yíhuà de pīdào Nǐ hěn
感情地朗讀了這篇作文，還一筆一畫地/批道：你很
cōng·míng nǐ de zuòwén xiě de fēicháng gǎnrén
聰明，你的作文/寫得非常感人，……

（3）
Nà tiān tā qǐ de tèbié zǎo bǎ zuòwénběn zhuāng zài yí gè qīnshǒu zuò de
那天，他起得特別早，把作文本/裝在一個親手做的/
měilì de dà xìnfēng ·lǐ děngzhe māma xǐng·lái
美麗的大信封裏，等着媽媽醒來。

② 詞語練習

（一）難讀字詞認記

媽媽天天**笑眯眯**地看着我	xiàomīmī 笑眯眯
媽媽**肯定**會格外喜歡你的	kěndìng 肯定
蹦蹦跳跳地回家了，像隻**喜鵲**	bèngbèng-tiàotiào 蹦蹦跳跳 xǐ·què 喜鵲
那個時刻**終於**到了	zhōngyú 終於

（二）必讀輕聲詞、一般輕讀詞練習（一般輕讀詞的輕讀音節，注音前加圓點作標記）

有個塌**鼻子**的小男孩兒	bízi 鼻子
因為兩歲時得**過**腦炎	yīn·wèi 因為 déguo 得過
打個**比方**	bǐfang 比方
別人寫作文能寫二三百字	bié·rén 別人
你真**聰明**	cōng·míng 聰明
老師肯定會格外**喜歡**你**的**	xǐhuan 喜歡
像隻**喜鵲**	xǐ·què 喜鵲
是媽媽**的生日**	shēng·rì 生日
走到媽媽**跟前**說	gēn·qián 跟前

（三）兒化詞練習

有個塌鼻子的**小男孩兒**	xiǎonánháir 小男孩兒
你**一點兒**也不笨	yìdiǎnr 一點兒

（四）多音字分辨

他卻只能寫三五**行**	sān-wǔ háng 三五 行 / bùxíng 不行

❸ 發音分辨

（一）翹舌音、平舌音、舌面音聲母分辨（zh ch sh / z c s / j q x）

智力**受損**，**學習起**來很**吃**力	zhìlì 智力 shòu 受 sǔn 損 xuéxí 學習 qǐ·lái 起來 chīlì 吃力
但**即**便**這**樣的**作**文	jíbiàn 即便 zhèyàng 這樣 zuòwén 作文
他**極其**認**真**地**想**了半天	jíqí 極其 rènzhēn 認真 xiǎng 想
把**作**文本**裝在**一個**親手做**的美麗的大**信**封裏	zhuāng 裝 zài 在 qīnshǒu 親手 zuò 做 xìnfēng 信封

（二）前鼻韻母、後鼻韻母分辨（-n / -ng）

他**同樣能**寫得**很動人**	tóngyàng 同樣 néng 能 hěn 很 dòngrén 動人
那是一次作**文**課，題目是《**願望**》	zuòwén 作文 yuànwàng 願望
在**班上**帶**感情**地**朗**讀了這**篇**作**文**	bān·shàng 班上 gǎnqíng 感情 lǎngdú 朗讀 piān 篇
媽媽**剛剛睜眼醒**來	gānggāng 剛剛 zhēng 睜 yǎn 眼 xǐng·lái 醒來

（三）n 聲母、l 聲母分辨

塌鼻子的小**男**孩兒	xiǎonánháir 小男孩兒
兩歲時得過**腦**炎，智**力**受損	liǎng suì nǎoyán zhìlì 兩 歲 腦炎 智力
朗讀了這篇作文	lǎngdú 朗讀
但他並沒有把作文本**拿**給媽媽看	nágěi 拿給
一個陽光燦**爛**的星期天	cànlàn 燦爛

（四）一字聲調練習（按照實際讀出的聲調注音）

那是**一**次作文課	yí cì 一 次
第**一**個是	dì-yī gè 第一 個（序數讀原調）
你**一**點兒也不笨	yìdiǎnr 一點兒
還**一**筆**一**畫地批道	yìbǐ-yíhuà 一筆一畫
一個美好的時刻	yí gè 一 個

（五）不字聲調練習（按照實際讀出的聲調注音）

老師**不**僅給了他最高分	bùjǐn 不僅
你一點也**不**笨	bú bèn 不 笨

作品 52 號《永遠的記憶》

1 重點句、段練習

參考句中停頓的提示，把握朗讀時的流暢度

（1）
Hǎoxiàng zǒule hěn jiǔ hěn jiǔ zhōngyú dào hǎibiān le dàjiā zuò xià·lái
好像 走了 很 久，很 久，終於 到 海邊 了，大家 坐 下來/
biàn chīfàn huāngliáng de hǎibiān méi·yǒu shāngdiàn wǒ yí gè rén
便 吃飯，荒涼 的 海邊/沒有 商店，我 一 個 人/
pǎodào fángfēnglín wài·miàn qù jírèn lǎoshī yào dàjiā bǎ chīshèng de fàncài
跑到 防風林 外面 去，級任 老師/要 大家 把 吃剩 的 飯菜/
fēn gěi wǒ yìdiǎnr
分 給 我 一點兒。

（2）
Měi tiān fàngxué de shíhou tā zǒu de shì jīngguò wǒmen jiā de yì tiáo
每 天 放學 的 時候，她 走 的/是 經過 我們 家 的 一 條
xiǎolù dàizhe yí wèi bǐ tā xiǎo de nánháir kěnéng shì dìdi
小路，帶着 一 位/比 她 小 的 男孩兒，可能 是/弟弟。

（3）
Xiǎolù biān shì yì tiáo qīngchè jiàn dǐ de xiǎoxī liǎngpáng zhúyīn fùgài
小路 邊/是 一 條 清澈 見 底 的 小溪，兩旁/竹陰 覆蓋，
wǒ zǒngshì yuǎnyuǎn de gēn zài tā hòu·miàn
我 總是 遠遠 地/跟 在 她 後面。

❷ 詞語練習

（一）難讀字詞認記

有一次我們去海邊**遠足**	yuǎnzú 遠足
她的米飯**拌了**醬油	bànle 拌了
拿**手帕**在**溪水**裏浸濕	shǒupà　xīshuǐ 手帕　溪水
把**骯髒**的手帕弄濕了擦臉	āngzāng 骯髒

（二）必讀輕聲詞、一般輕讀詞練習（一般輕讀詞的輕讀音節，注音前加圓點作標記）

小學**的時候**	shíhou 時候
短**頭髮**，臉圓圓**的**	tóufa 頭髮
可能是**弟弟**	dìdi 弟弟
一身**素淨的**白衣黑裙	sùjing 素淨
我想她一定不**認識**我**了**	rènshi 認識
她也走近**了**，叫我**的名字**	míngzi 名字

（三）兒化詞練習

把吃剩的飯菜分給我**一點兒**	yìdiǎnr 一點兒
為**小男孩兒**擦臉	xiǎonánháir 小男孩兒

（四）四字詞

qīngchè jiàn dǐ 清澈見底	zhúyīn fù gài 竹陰覆蓋
bái yī hēi qún 白衣黑裙	

（五）人名、專名

Wēng Xiāng yù 翁香玉	

3 發音分辨

（一）翹舌音、平舌音、舌面音聲母分辨（zh ch sh /z c s /j q x）

級任老**師**要大**家**把**吃剩**的飯**菜**分給我一點兒	jírèn 級任 lǎoshī 老師 dàjiā 大家 chīshèng 吃剩 fàncài 飯菜
一條**清澈見**底的**小溪**，兩旁**竹**陰覆蓋	qīngchè 清澈 jiàn dǐ 見底 xiǎoxī 小溪 zhúyīn 竹陰
拿**手**帕**在溪水**裏**浸濕**	shǒupà 手帕 zài 在 xīshuǐ 溪水 jìnshī 浸濕
我**隨着**人**群擠向**門口	suízhe 隨着 rénqún 人群 jǐ 擠 xiàng 向

（二）前鼻韻母、後鼻韻母分辨（-n /-ng）

我一個**人**跑到**防風林**外**面**去	rén 人 fángfēnglín 防風林 wài·miàn 外面
荒涼的海**邊**沒有**商店**	huāngliáng 荒涼 hǎibiān 海邊 shāngdiàn 商店
臉圓圓的	liǎn 臉 yuányuán 圓圓
把**骯髒**手帕**弄**濕了擦**臉**	āngzāng 骯髒 nòngshī 弄濕 cā 擦 liǎn 臉

（三）n 聲母、l 聲母分辨

荒**涼**的海邊沒有商店	huāngliáng 荒涼
我一個人跑到防風**林**外面去	fángfēnglín 防風林
級任**老**師	lǎoshī 老師
還有一個**女**生	nǚshēng 女生
拿手帕在溪水裏浸濕，為小**男**孩兒擦**臉**	na　nanhair　lian 拿　男孩兒　臉

（四）一字聲調練習（按照實際讀出的聲調注音）

我**一**個人跑到防風林外面去	yí gè 一 個
帶着**一**位比她小的男孩兒	yí wèi 一 位
小路邊是**一**條清澈見底的小溪	yì tiáo 一 條
再**一**路遠遠跟着她回家	yílù 一路
有**一**天放學回家	yì tiān 一 天
一身素淨的白衣黑裙	yì shēn 一 身
他**一**定不認識我了	yídìng 一定
這是她第**一**次和我說話	dì-yī cì 第一 次（序數讀原調）
和我**一**起走過月台	yìqǐ 一起

（五）不字聲調練習（按照實際讀出的聲調注音）

我想她一定**不**認識我了	bú rènshi 不 認識

作品 53 號《語言的魅力》

❶ 重點句、段練習

參考句中停頓的提示，把握朗讀時的流暢度

（1）
Zài fánhuá de Bālí dàjiē de lùpáng zhànzhe yí gè yīshān lánlǚ tóufa
在繁華的巴黎大街的路旁，站着一個/衣衫襤褸、頭髮
bānbái shuāngmù shīmíng de lǎorén Tā bú xiàng qítā qǐgài nàyàng
斑白、雙目失明的老人。他不像其他乞丐那樣/
shēnshǒu xiàng guòlù xíngrén qǐtǎo ér shì zài shēnpáng lì yí kuài mùpái
伸手向過路行人乞討，而是在身旁/立一塊木牌，
shàng·miàn xiězhe Wǒ shénme yě kàn·bújiàn
上面寫着：“我/什麼也看不見！”

（2）
Ràng bǐhàolè tīng le náqǐ bǐ qiāoqiāo de zài nà háng zì de
讓·彼浩勒聽了，拿起筆/悄悄地/在那行字的
qián·miàn tiān·shàngle chūntiān dào le kěshì jǐ gè zì jiù
前面/添上了/“春天到了，可是”幾個字，就/
cōngcōng de líkāi le
匆匆地離開了。

（3）
Zhè fùyǒu shīyì de yǔyán chǎnshēng zhème dà de zuòyòng jiù zàiyú tā
這富有詩意的語言，產生/這麼大的作用，就在於它/
yǒu fēicháng nónghòu de gǎnqíng sècǎi
有非常濃厚的感情色彩。

❷ 詞語練習

（一）難讀字詞認記

他不像其他**乞丐**那樣伸手向過路行人乞討	qǐgài 乞丐
盲老人歎息着回答	máng 盲 lǎorén 老人 tànxī 歎息
拿起筆**悄悄**地在那行字的前面添上	qiāoqiāo 悄悄
摸着鬍子滿意地笑了	mōzhe 摸着
怎麼不叫人**陶醉**呢	táozuì 陶醉
只是一片**漆黑**	qīhēi 漆黑

（二）必讀輕聲詞、一般輕讀詞練習（一般輕讀詞的輕讀音節，注音前加圓點作標記）

頭髮斑白、雙目失明**的**老人	tóufa 頭髮
我**什麼**也看**不**見	shénme 什麼 kàn·bújiàn 看不見
老人家，今天上午有人給你錢**嗎**	lǎo·rén·jiā 老人家
我**什麼**也**沒有**得到	méi·yǒu 沒有
先生，不知**為什麼**	xiānsheng 先生 wèishénme 為什麼
摸**着鬍子**滿意**地**笑**了**	húzi 鬍子

（三）四字詞

yīshān lánlǚ 衣衫 襤褸	tóufa bānbái 頭髮 斑白
shuāngmù shīmíng 雙目 失明	wúdòngyúzhōng 無動於衷
lántiān báiyún 藍天 白雲	lǜshù hónghuā 綠樹 紅花

yīnggē-yànwǔ 鶯歌燕舞	liángchén měijǐng 良辰　美景
wànzǐ-qiānhóng 萬紫千紅	

（四）人名、專名

Bālí 巴黎	Fǎguó 法國
Ràng　Bǐhàolè 讓 · 彼浩勒	

③ 發音分辨

（一）翹舌音、平舌音、舌面音聲母分辨（zh ch sh /z c s /j q x）

伸手向過路**行人乞**討	shēnshǒu　xiàng　xíngrén　qǐtǎo 伸手　向　行人　乞討
臉**上**的**神情**非**常**悲**傷**	liǎn·shàng　shénqíng　fēicháng　bēishāng 臉上　神情　非常　悲傷
就匆匆地離開了	jiù　cōngcōng 就　匆匆
春天到了，可**是**我**什**麼也看不**見**	chūntiān　kěshì　shénme　kàn·bújiàn 春天　可是　什麼　看不見
只是一片**漆**黑	zhǐshì　qīhēi 只是　漆黑

（二）前鼻韻母、後鼻韻母分辨（-n /-ng）

問那個**盲**老**人**下午的**情況**	wèn　máng lǎorén　qíngkuàng 問　盲　老人　情況
產生這麼大的作**用**，就在於它有非常**濃**厚的**感情**色彩	chǎnshēng　zuòyòng　fēicháng 產生　作用　非常 nónghòu　gǎnqíng 濃厚　感情

（三）n聲母、l聲母分辨

在繁華的巴**黎**大街的**路**旁	Bālí lùpáng 巴黎 路旁
站着一個衣衫**襤褸**	lánlǚ 襤褸
雙目失明的**老**人	lǎorén 老人
臉上的神情	liǎn ·shàng 臉 上
那**藍**天白雲，那**綠**樹紅花	lántiān lǜshù 藍天 綠樹
它有非常**濃**厚的感情色彩	nónghòu 濃厚

（四）一字聲調練習（按照實際讀出的聲調注音）

而是在身旁立**一**塊木牌	yí kuài 一 塊
有的還淡淡**一**笑	dàndàn yí xiào 淡淡 一 笑
只是**一**片漆黑	yí piàn 一 片
一生中竟連萬紫千紅的春天都不曾看到	yìshēng 一生

（五）不字聲調練習（按照實際讀出的聲調注音）

可是我什麼也看**不**見	kàn·bújiàn 看不見
先生，**不**知為什麼	bù zhī 不 知
怎麼**不**叫人陶醉呢	bú jiào 不 叫
一生中竟連萬紫千紅的春天都**不**曾看到	bùcéng 不曾

作品 54 號《贈你四味長壽藥》

❶ 重點句、段練習

參考句中停頓的提示，把握朗讀時的流暢度

（1） Yǒu yí cì Sū Dōngpō de péngyou Zhāng È názhe yì zhāng xuānzhǐ lái qiú
有一次，蘇東坡的朋友張鶚/拿着一張宣紙/來求
tā xiě yì fú zì érqiě xīwàng tā xiě yìdiǎnr guānyú yǎngshēng fāngmiàn
他寫一幅字，而且希望他寫一點兒/關於養生方面
de nèiróng
的內容。

（2） Dōngpō de lángháo zài zhǐ ·shàng huīsǎ qǐ·lái shàng·miàn xiězhe Yī
東坡的狼毫/在紙上揮灑起來，上面寫着："一
yuē wú shì yǐ dàng guì èr yuē zǎo qǐn yǐ dàng fù sān yuē ān bù yǐ
曰/無事以當貴，二曰/早寢以當富，三曰/安步以
dàng chē sì yuē wǎn shí yǐ dàng ròu
當車，四曰/晚食以當肉。"

（3） Suǒwèi wú shì yǐ dàng guì shì zhǐ rén búyào bǎ gōngmíng lìlù
所謂/"無事以當貴"，是指/人/不要把功名利祿、
róngrǔ guòshī kǎolǜ dé tài duō rú néng zài qíngzhì ·shàng xiāosǎ dàdù
榮辱過失/考慮得太多，如能/在情志上/瀟灑大度，
suíyù'ér'ān wú shì yǐ qiú zhè bǐ fùguì gèng néng shǐ rén zhōng qí
隨遇而安，無事以求，這比富貴/更能使人/終其
tiānnián
天年。

❷ 詞語練習

（一）難讀字詞認記

拿着一張宣紙來求他寫**一幅**字	yì fú 一 幅
蘇東坡**思索**了一會兒	sīsuǒ 思索
二**曰早寢**以當富	yuē zǎo qǐn 曰 早 寢
養生長壽的**要訣**	yàojué 要訣
不要把功名利祿、**榮辱過失考慮**得太多	róngrǔ guòshī kǎolǜ 榮辱 過失 考慮
對美味**佳餚**的貪吃無厭	jiāyáo 佳餚

（二）必讀輕聲詞、一般輕讀詞練習（一般輕讀詞的輕讀音節，注音前加圓點作標記）

東坡**的**狼毫在紙**上**揮灑起**來**，**上面**寫**着**	zhǐ ·shàng qǐ·lái shàng·miàn 紙 上 起來 上面
這哪**裏**有藥	nǎ·lǐ 哪裏
"晚食以當肉"，**意思**是	yìsi 意思

（三）兒化詞練習

希望他寫**一點兒**關於養生方面的內容	yìdiǎnr 一點兒
蘇東坡思索了**一會兒**	yíhuìr 一會兒

（四）多音字分辨

一曰無事以**當**貴	wú shì yǐ dàng guì dāngzhōng 無 事 以 當 貴／ 當中

飽了還要**勉強**吃	miǎnqiǎng qiángdà 勉強 / 強大
騎馬**乘**車	chéngchē qiān shèng zhī guó 乘車 / 千 乘 之 國

（五）四字詞

yì liǎn mángrán 一 臉 茫然	gōngmíng lìlù 功名 利祿
xiāosǎ dàdù 瀟灑 大度	suíyù'ér'ān 隨遇而安
qiángjiàn tǐpò 強健 體魄	yǐ jī fāng shí 已 飢 方 食
tānchī wú yàn 貪吃 無 厭	cūchá-dànfàn 粗茶淡飯

（六）人名、專名

Sū Dōngpō 蘇 東坡	Zhāng È 張 鶚

3 發音分辨

（一）翹舌音、平舌音、舌面音聲母分辨（zh ch sh /z c s /j q x）

張鶚拿**着一張宣紙**來**求**他**寫**一幅**字**	yì zhāng xuānzhǐ qiú xiě zì 一 張 宣紙 求 寫 字
蘇東坡**思索**了一會兒	Sū Dōngpō sīsuǒ 蘇 東坡 思索
養**生長壽**的要**訣**	yǎngshēng chángshòu yàojué 養生 長壽 要訣
全在這四句裏面	quán zài zhè sì jù 全 在 這 四 句
如能**在情志**上**瀟灑**大度	qíngzhì xiāosǎ 情志 瀟灑
吃好**穿**好，**財**貨**充足**	chī chuān cáihuò chōngzú 吃 穿 財貨 充足

（二）前鼻韻母、後鼻韻母分辨（-n /-ng）

我得到了一個**養生長壽**古**方**	yǎngshēng 養生　chángshòu 長壽　gǔfāng 古方
應多以步**行**來替代騎馬**乘**車	yīng 應　bùxíng 步行　chéngchē 乘車
但其**香甜**可口會**勝**過**山珍**	dàn 但　xiāngtián 香甜　shèngguò 勝過　shānzhēn 山珍

（三）n 聲母、l 聲母分辨

張鶚**拿**着一張宣紙	názhe 拿着
東坡的**狼**毫在紙上揮灑起**來**	lángháo 狼毫
張鶚一**臉**茫然地問	yìliǎn 一臉
考**慮**得太多	kǎolǜ 考慮
難以下嚥	nányǐ 難以

（四）一字聲調練習（按照實際讀出的聲調注音）

有一次	yí cì 一 次
求他寫**一**幅字	yì fú 一 幅
一個養生長壽古方	yí gè 一 個
一日無事以當貴	yī yuē 一 日（序數讀原調）
張鶚**一**臉茫然地問	yìliǎn 一臉
他進**一**步解釋	jìnyíbù 進一步

（五）不字聲調練習（按照實際讀出的聲調注音）

指人**不**要過於講求安逸、肢體**不**勞	búyào 不要　bù láo 不 勞

作品55號《站在歷史的枝頭微笑》

1 重點句、段練習

參考句中停頓的提示，把握朗讀時的流暢度

（1） Rén huózhe zuì yàojǐn de shì xúnmì dào nà piàn dàibiǎozhe shēngmìng lǜsè hé rénlèi xīwàng de cónglín ránhòu xuǎn yì gāogāo de zhītóu zhàn zài nà·lǐ guānlǎn rénshēng xiāohuà tòngkǔ yùnyù gēshēng yúyuè shìjiè

人活着，最要緊的/是尋覓到/那片代表着生命綠色/和人類希望的叢林，然後選一高高的枝頭/站在那裏/觀覽人生，消化痛苦，孕育歌聲，愉悅世界！

（2） Nǐ jìngyù zhōng de nà diǎnr kǔtòng yěxǔ xiāngbǐ zhīxià zài yě nányǐ zhànjù yì xí zhī dì nǐ huì jiào róng·yì de huòdé cóng búyuè zhōng jiětuō línghún de lì·liàng shǐ zhī búzhì biàn dé huīsè

你境遇中的/那點兒苦痛，也許/相比之下，再也難以佔據/一席之地，你會較容易地/獲得從不悅中/解脫靈魂的力量，使之/不致變得灰色。

（3） Zuì kěpà de rénshēng jiànjiě shì bǎ duōwéi de shēngcún tújǐng kànchéng píngmiàn Yīn·wèi nà píngmiàn ·shàng kèxià de dàduō shì nínggùle de lìshǐ guòqù de yíjì

最可怕的人生見解，是把多維的生存圖景/看成平面。因為那平面上刻下的/大多是凝固了的歷史——過去的遺跡；……

❷ 詞語練習

（一）難讀字詞認記

最要緊的是**尋覓**到那片代表着生命綠色和人類希望的叢林	xúnmì 尋覓
消化痛苦，**孕育**歌聲，愉悅世界	yùnyù 孕育
佔據一席之地	zhànjù 佔據
領略到希望的**曙光**	shǔguāng 曙光
這足以使你放棄**前嫌**	qiánxián 前嫌
過去的**遺跡**	yíjì 遺跡
充滿着新生**智慧**	zhìhuì 智慧

（二）必讀輕聲詞、一般輕讀詞練習（一般輕讀詞的輕讀音節，注音前加圓點作標記）

這可真是一種瀟灑**的**人生**態度**	tài·dù 態度
一個引人注目**的句子**	jùzi 句子
你會較**容易地**獲得從不悅中解脫靈魂**力量**	róng·yì lì·liàng 容易 力量
一個必不可少**的**組成**部分**	bùfen 部分
因為那平面**上**刻下**的**大多是凝固**了的**歷史	yīn·wèi píngmiàn·shàng 因為 平面上

（三）兒化詞練習

你境遇中的**那點兒**苦痛	nà diǎnr 那 點兒

（四）多音字分辨

萌生為人類孕育新的歌聲的**興**致	xìngzhì xīngfèn 興致 / 興奮

（五）四字詞

xīnjìng shuǎnglǎng 心境 爽朗	tián-suān-kǔ-là 甜酸苦辣
bǎiwèi rénshēng 百味 人生	yì xí zhī dì 一 席 之 地
yǐnrén-zhùmù 引人注目	bìbùkěshǎo 必不可少

❸ 發音分辨

（一）翹舌音、平舌音、舌面音聲母分辨（zh ch sh /z c s /j q x）

這可**真是**一**種瀟灑**的人**生**態度	zhè zhēn shì yì zhǒng xiāosǎ 這 真 是 一 種 瀟灑 rénshēng 人生
站在歷**史**的**枝**頭微**笑**	zhàn zài lìshǐ zhītóu wēixiào 站 在 歷史 枝頭 微笑
從眾生相所包含的甜**酸**苦辣、百味人生**中尋找**你**自己**	cóng zhòngshēngxiàng suǒ tián-suān 從 眾生相 所 甜酸 xúnzhǎo zìjǐ 尋找 自己
不但能有**幸早些**領略到**希**望的**曙**光	yǒuxìng zǎo xiē xīwàng shǔguāng 有幸 早 些 希望 曙光

（二）前鼻韻母、後鼻韻母分辨（-n /-ng）

一**種心境爽朗**的**情**感**風**貌	yì zhǒng xīnjìng shuǎnglǎng 一 種 心境 爽朗 qínggǎn fēngmào 情感 風貌

萌生為**人**類**孕**育**新**的歌**聲**的**興**致	méngshēng 萌生 rénlèi 人類 yùnyù 孕育 xīn 新 gēshēng 歌聲 xìngzhì 興致
最可怕的**人生見**解，是把多維的**生存**圖**景看成平面**	rénshēng 人生 jiànjiě 見解 shēngcún 生存 tújǐng 圖景 kànchéng 看成 píngmiàn 平面

（三）n 聲母、l 聲母分辨

那片代表着生命**綠**色和人類希望的叢**林**	lǜsè 綠色 cónglín 叢林
站在那裏觀**覽**人生	guānlǎn 觀覽
可以減免許多煩**惱**	fánnǎo 煩惱
再也**難**以佔據一席之地	nányǐ 難以
從不悦中解脱**靈**魂的**力量**	línghún 靈魂 lì·liàng 力量
不但**能**有幸早些**領略**到希望的曙光	lǐnglüè 領略
可**能**沒有成為一個美**麗**的詞	kénéng 可能 měilì 美麗
大多是**凝**固**了**的**歷**史	nínggù 凝固 lìshǐ 歷史

（四）一字聲調練習（按照實際讀出的聲調注音）

一種瀟灑的人生態度	yì zhǒng 一種
再也難以佔據**一**席之地	yì xí 一席
每一個人的人生	yí gè 一個

（五）不字聲調練習（按照實際讀出的聲調注音）

不但能有幸早些領略到希望的曙光	búdàn 不但
從**不**悅中解脫靈魂的力量	búyuè 不悅
必**不**可少	bìbùkěshǎo 必不可少

作品56号《中國的寶島——台灣》

1 重點句、段練習

參考句中停頓的提示，把握朗讀時的流暢度

（1）
Zhōngguó de dì-yī dàdǎo Táiwān Shěng de zhǔdǎo Táiwān wèiyú Zhōngguó
中國 的 第一 大島、台灣 省 的 主島 / 台灣 ，位於 中國
dàlùjià de dōngnánfāng dìchǔ Dōng Hǎi hé Nán Hǎi zhījiān gézhe
大陸架 的 / 東南方 ，地處 / 東 海 和 南 海 之間 ，隔着
Táiwān Hǎixiá hé Dàlù xiāngwàng Tiānqì qínglǎng de shíhou zhàn zài
台灣 海峽 / 和 大陸 相望 。天氣 晴朗 的 時候 ，站 在
Fújiàn yánhǎi jiào gāo de dìfang jiù kěyí yǐnyǐn-yuēyuē de wàng·jiàn dǎo
/ 福建 沿海 較 高 的 地方 ，就 可以 / 隱隱約約 地 望見 島
·shàng de gāoshān hé yúnduǒ
上 的 高山 和 雲朵 。

（2）
Táiwān Dǎo ·shàng de shānmài zòngguàn nánběi zhōngjiān de zhōngyāng
台灣 島 上 的 山脈 / 縱貫 南北 ， 中間 的 中央
shānmài yóurú quándǎo de jǐliang Xībù wéi hǎibá jìn sìqiān mǐ de Yù
山脈 / 猶如 全島 的 脊樑。西部 / 為 海拔 / 近 四千 米 的 / 玉
Shān shānmài shì Zhōngguó dōngbù de zuì gāo fēng Quándǎo yuē yǒu
山 山脈 ，是 中國 東部 的 / 最 高 峰 。 全島 / 約 有
sān fēn zhī yī de dìfang shì píngdì qíyú wéi shāndì
三 分 之 一 的 地方 / 是 平地，其餘 / 為 山地 。

（3）
Táiwān Dǎo háishì yí gè wénmíng shìjiè de húdié wángguó
台灣 島 / 還是 一 個 / 聞名 世界 的 / “ 蝴蝶 王國 ” 。
Dǎo·shàng de húdié gòng yǒu sìbǎi duō gè pǐnzhǒng qízhōng yǒu bùshǎo
島上 的 蝴蝶 / 共 有 / 四百 多 個 品種 ，其中 / 有 不少 /
shì shìjiè xīyǒu de zhēnguì pǐnzhǒng
是 世界 稀有 的 珍貴 品種 。

❷ 詞語練習

(一) 難讀字詞認記

台灣**海峽**和大陸相望	Hǎixiá 海峽
站在福建**沿海**較高的地方	yánhǎi 沿海
台灣島形狀**狹長**	xiácháng 狹長
地形像一個**紡織**用的梭子	fǎngzhī 紡織
山脈縱貫南北	shānmài zòngguàn 山脈 縱貫
西部為**海拔**近四千米的玉山山脈	hǎibá 海拔
島內有緞帶般的**瀑布**	pùbù 瀑布
氣溫受到海洋的**調劑**	tiáojì 調劑

(二) 必讀輕聲詞、一般輕讀詞練習（一般輕讀詞的輕讀音節，注音前加圓點作標記）

天氣晴朗**的時候**	shíhou 時候
站在福建沿海較高**的地方**	dìfang 地方
就可以隱隱約約**地望見**島上**的**高山和雲朵	wàng·jiàn 望見
中間**的**中央山脈猶如全島**的脊樑**	jǐliang 脊樑
水稻、**甘蔗**、樟腦是台灣**的**“三寶”	gānzhe 甘蔗
地形像一個紡織用**的梭子**	suōzi 梭子

（三）多音字分辨

最寬**處**只有一百四十多公里	zuì kuān chù xiāngchǔ 最 寬 處／相處
藍寶石**似**的湖**泊**	shìde sìhū 似的／似乎
	húpō piāobó 湖泊／漂泊

（四）四字詞

yǐnyǐn-yuēyuē 隱隱約約	sìmiàn huán hǎi 四面 環 海
dōng nuǎn xià liáng 冬 暖 夏 涼	sìjì rú chūn 四季 如 春
niǎoyǔ-huāxiāng 鳥語花香	

（五）人名、專名

Táiwān Hǎixiá 台灣 海峽	Dàlù 大陸
Fújiàn 福建	Ālǐ Shān 阿里 山
Rìyuè Tán 日月 潭	Dàtún Shān 大屯 山

❸ 發音分辨

（一）翹舌音、平舌音、舌面音聲母分辨（zh ch sh / z c s / j q x）

位於**中**國大陸**架**的東南方	Zhōngguó dàlùjià 中國 大陸架
最寬**處只**有一百**四十**多公里	zuì kuān chù zhǐyǒu sìshí 最 寬 處 只有 四十
台北**市郊**的大屯**山**風**景區**	shìjiāo Dàtún Shān fēngjǐngqū 市郊 大屯 山 風景區

四面環海，雨**水充足**，**氣**溫**受**到海洋的調**劑**	sìmiàn 四面 yǔshuǐ 雨水 chōngzú 充足 qìwēn 氣溫 shòudào 受到 tiáojì 調劑
其中有不**少是世界稀**有的**珍**貴**品種**	qízhōng 其中 bùshǎo 不少 shì 是 shìjiè 世界 xīyǒu 稀有 zhēnguì 珍貴 pǐnzhǒng 品種

（二）前鼻韻母、後鼻韻母分辨（-n /-ng）

天氣**晴朗**的時候	tiānqì 天氣 qínglǎng 晴朗
都是**聞名**世界的遊**覽勝**地	wénmíng 聞名 yóulǎn 遊覽 shèngdì 勝地
島**上**還**盛產鮮**果和魚蝦	dǎo·shàng 島上 shèngchǎn 盛產 xiānguǒ 鮮果

（三）n 聲母、l 聲母分辨

島**內**有緞帶般的瀑布，**藍**寶石似的湖泊	dǎonèi 島內 lánbǎoshí 藍寶石
四季常青的森**林**和果園	sēnlín 森林
西**南**部的阿**里**山和日月潭	xīnán 西南 Ālǐ 阿里 Shān 山
冬**暖**夏**涼**	dōng 冬 nuǎn 暖 xià 夏 liáng 涼
水稻、甘蔗、樟**腦**是台灣的“三寶”	zhāngnǎo 樟腦
島上還有不少**鳥**語花香的蝴蝶谷	niǎoyǔ-huāxiāng 鳥語花香

（四）一字聲調練習（按照實際讀出的聲調注音）

中國的第**一**大島	dì-yī 第一 dàdǎo 大島（序數讀原調）
全島約有三分之**一**的地方是平地	sān 三 fēn 分 zhī 之 yī 一（數目讀原調）

只有**一**百四**十**多公里	yìbǎi sìshí 一百 四十
一個聞名世界的"蝴蝶王國"	yí gè 一 個

（五）**不字聲調練習**（按照實際讀出的聲調注音）

其中有**不**少是世界稀有的珍貴品種	bùshǎo 不少

作品 57 號《中國的牛》

1 重點句、段練習

參考句中停頓的提示，把握朗讀時的流暢度

（1） Yì qún péngyou jiāoyóu wǒ lǐngtóu zài xiázhǎi de qiānmò ·shàng zǒu
一群 朋友 郊遊，我 領頭 / 在 狹窄 的 阡陌 上 走，
zěnliào yíngmiàn láile jǐ tóu gēngniú xiádào róng·búxià rén hé niú
怎料 / 迎面 來了 幾 頭 耕牛，狹道 / 容不下 人 和 牛，
zhōng yǒu yìfāng yào rànglù Tāmen hái méi·yǒu zǒujìn wǒmen yǐ·jīng yùjì
終 有 一方 要 讓路。它們 還 沒有 走近，我們 已經 預計 /
dòu·bù·guò chùsheng kǒngpà nánmiǎn cǎidào tiándì níshuǐ ·lǐ nòng de
鬥不過 畜牲，恐怕 難免 / 踩到 田地 泥水 裏，弄 得
xiéwà yòu ní yòu shī le
鞋襪 / 又 泥 又 濕 了。

（2） Zhōngguó de niú yǒngyuǎn chénmò de wèi rén zuòzhe chénzhòng de gōngzuò
中國 的 牛，永遠 沉默 地 / 為 人 做着 沉重 的 工作。
Zài dàdì ·shàng zài chénguāng huò lièrì ·xià tā tuōzhe chénzhòng de
在 大地 上，在 晨光 或 烈日 下，它 拖着 沉重 的
lí dītóu yí bù yòu yí bù tuōchūle shēnhòu yí liè yòu yí liè sōngtǔ
犁，低頭 一 步 又 一 步，拖出了 身後 / 一 列 又 一 列 鬆土，
hǎo ràng rénmen xià zhǒng
好 讓 人們 下 種。

（3） Ǒu'ěr yáoyao wěiba bǎibai ěrduo gǎnzǒu fēifù shēn ·shàng de cāngying
偶爾 / 搖搖 尾巴，擺擺 耳朵，趕走 / 飛附 身 上 的 蒼蠅，
yǐ·jīng suàn shì tā zuì xiánshì de shēnghuó le
已經 算 是 它 / 最 閒適 的 生活 了。

❷ 詞語練習

（一）難讀字詞認記

有着一種特別**尊敬**的感情	zūnjìng 尊敬
在**田壟**上的“相遇”	tiánlǒng 田壟
我領頭在**狹窄**的**阡陌**上走	xiázhǎi qiānmò 狹窄 阡陌
正在**踟躕**的時候	chíchú 踟躕
看着**深褐色**的牛隊	shēnhèsè 深褐色
忽然覺得自己受了很大的**恩惠**	ēnhuì 恩惠
在它**沉默**的勞動中	chénmò 沉默
偶爾搖搖尾巴	ǒu'ěr 偶爾

（二）必讀輕聲詞、一般輕讀詞練習（一般輕讀詞的輕讀音節，注音前加圓點作標記）

它們還**沒有**走近，我們**已經**預計**鬥不過畜牲**	tāmen méi·yǒu yǐ·jīng 它們 沒有 已經 dòu·bú·guò chùsheng 鬥不過 畜牲
回**過**頭**來**，看**着**深褐色**的**牛隊	huíguo tóu·lái 回過 頭來
在它沉默勞動中，人便得到應得的**收成**	shōucheng 收成
偶爾**搖搖尾巴**，**擺擺耳朵**	yáoyao wěiba bǎibai ěrduo 搖搖 尾巴 擺擺 耳朵
趕走飛附在它身**上的蒼蠅**	shēn ·shang cāngying 身 上 蒼蠅

（三）多音字分辨

弄得鞋襪又泥又濕	nòng de lòngtáng 弄 得 / 弄堂

好讓人們下**種**	xià zhǒng gēngzhòng 下 種 / 耕種
它可能還**得**擔**當**搬運負重的工作	háiděi dédào 還得 / 得到 dāndāng dàngchéng 擔當 / 當成

❸ 發音分辨

（一）翹舌音、平舌音、舌面音聲母分辨（zh ch sh /z c s /j q x）

我領頭**在狹窄**的**阡**陌**上走**	zài xiázhǎi qiānmò ·shàng 在 狹窄 阡陌 上
它們還沒有**走近**，我們已**經**預**計**鬥不過**畜牲**	zǒujìn yǐ·jīng yùjì chùsheng 走近 已經 預計 畜牲
稍遲疑一**下**，**就自動走下**田**去**	shāo chíyí jiù zìdòng zǒu·xià qù 稍 遲疑 就 自動 走下 去
或**終**日繞**着石**磨，**朝**同一方**向**，**走**不**計程**的路	zhōngrì ràozhe shímò cháo 終日 繞着 石磨 朝 fāngxiàng jìchéng 方向 計程
已經算是它**最閒適**的**生**活了	zuì xiánshì shēnghuó 最 閒適 生活

（二）前鼻韻母、後鼻韻母分辨（-n /-ng）

永遠沉默地為**人**類做着**沉重**的**工**作	yǒngyuǎn chénmò rénlèi 永遠 沉默 人類 chénzhòng gōngzuò 沉重 工作
留給我**印象**最**深**的，要**算**在田**壟**上的“**相**遇”	yìnxiàng shēn suàn tiánlǒng 印象 深 算 田壟 xiāngyù 相遇
等到**滿**地**金黃**或**農閒**時候	děngdào mǎndì jīnhuáng nóngxián 等到 滿地 金黃 農閒
沒有**成群奔**跑的習**慣**	chéngqún bēnpǎo xíguàn 成群 奔跑 習慣

（三）n 聲母、l 聲母分辨

迎面來了幾頭耕**牛**	gēngniú 耕牛
難免踩到田地**泥**水裏	níshuǐ 泥水
在晨光或**烈**日下，它拖着沉重的**犁**	lièrì　lí 烈日　犁
吃幾口**嫩**草	nèn cǎo 嫩 草
等到滿地金黃或**農**閒時候	nóngxián 農閒
在它沉默**勞**動中	láodòng 勞動

（四）一字聲調練習（按照實際讀出的聲調注音）

一群朋友郊遊	yì qún 一 群
終有**一**方要讓路	yìfāng 一方
帶頭的**一**隻牛	yì zhī 一 隻
一隊耕牛	yí duì 一 隊
低頭**一**步又**一**步，拖出了身後**一**列又**一**列鬆土	yí bù　yí liè 一 步　一 列
它可以鬆**一**肩重擔	yì jiān 一 肩

（五）不字聲調練習（按照實際讀出的聲調注音）

狹道容**不**下人和牛	róng·búxià 容不下
我們已經預計鬥**不**過畜牲	dòu·búguò 鬥不過
在離我們**不**遠的地方	bùyuǎn 不遠
走**不**計程的路	bú jìchéng 不 計程

作品 58 號《住的夢》

1 重點句、段練習

參考句中停頓的提示，把握朗讀時的流暢度

（1） Yóu wǒ kàndào de nà diǎnr chūnguāng yǐ·jīng kéyǐ duàndìng Hángzhōu
由 我 看到 的 / 那 點兒 春光 ，已經 可以 斷定 ， 杭州
de chūntiān bìdìng huì jiào rén zhěngtiān shēnghuó zài shī yǔ túhuà zhīzhōng
的 春天 / 必定 會 教 人 整天 生活 在 / 詩 與 圖畫 之中 。
Suǒyǐ chūntiān wǒ de jiā yīngdāng shì zài Hángzhōu
所以， 春天 / 我 的 家 應當 是 在 杭州 。

（2） Zài wǒ suǒ kàn·jiànguo de shānshuǐ zhōng zhǐyǒu zhè·lǐ méi·yǒu shǐ wǒ
在 我 所 看見過 的 / 山水 中 ，只有 這裏 / 沒有 使 我
shīwàng Dàochù dōu shì lǜ mù zhī suǒ jí nà piàn dàn ér guāngrùn
失望 。 到處 都 是 綠，目 之 所 及，那 片 淡 而 光潤
de lǜsè dōu zài qīngqīng de chàndòng fǎngfú yào liúrù kōngzhōng yǔ
的 綠色 / 都 在 輕輕 地 顫動 ，彷彿 / 要 流入 空中 / 與
xīnzhōng shìde
心中 似的。

（3） Xīshān yǒu hóngyè kě jiàn Běihǎi kéyǐ huáchuán suīrán héhuā yǐ
西山 / 有 紅葉 可 見 ，北海 / 可以 划船 ——雖然 / 荷花 已
cán héyè kě háiyǒu yí piàn qīngxiāng Yī-shí-zhù-xíng zài Běipíng de
殘，荷葉 / 可 還有 一 片 清香 。 衣食住行 ，在 北平 的
qiūtiān shì méi·yǒu yí xiàng bù shǐ rén mǎnyì de
秋天 ，是 沒有 一 項 / 不 使 人 滿意 的。

❷ 詞語練習

（一）難讀字詞認記

在西湖我看見了**嫩柳**與菜花，**碧浪**與**翠竹**	nènliǔ 嫩柳　bìlàng 碧浪　cuìzhú 翠竹
它的幽靜已**拴住**了我的心靈	shuānzhù 拴住
那片淡而**光潤**的綠色都在輕輕地**顫動**	guangrun 光潤　chandong 顫動
論吃的，蘋果、梨、**柿子**、**棗兒**、**葡萄**，每樣都有若干種	shìzi 柿子　zǎor 棗兒　pú·táo 葡萄
菊花種類之多，花式之奇，可以**甲天下**	júhuā 菊花　jiǎ 甲　tiānxià 天下
北海可以**划船**	huáchuán 划船

（二）必讀輕聲詞、一般輕讀詞練習（一般輕讀詞的輕讀音節，注音前加圓點作標記）

天堂是**什麼樣子**，我不**知道**	shénme 什麼　yàngzi 樣子　zhī·dào 知道
青城山應當算作最理想**的地方**	dìfang 地方
蘋果、梨、**柿子**、棗兒、**葡萄**	shìzi 柿子　pú·táo 葡萄
我還**沒有**打好**主意**	méi·yǒu 沒有　zhǔyi 主意

（三）兒化詞練習

説出來總是**好玩兒**的	hǎowánr 好玩兒
我看到的**那點兒**春光	nà 那　diǎnr 點兒
棗兒	zǎor 棗兒

（四）多音字分辨

彷彿要流入空中與心中**似**的	shìde　sìhū 似的 / 似乎
雖然並不怎樣**和**暖	hénuǎn　nuǎnhuo 和暖 / 暖和

（五）人名、專名

Hángzhōu 杭州	Xīhú 西湖
Qīngchéng Shān 青城　山	Xīshān 西山
Běihǎi 北海	Běipíng 北平
Chéngdū 成都	

3 發音分辨

（一）翹舌音、平舌音、舌面音聲母分辨（zh ch sh /z c s /j q x）

嫩柳與**菜**花，碧浪與**翠竹**	càihuā　cuìzhú 菜花　翠竹
我**想青城山**應當**算作**最理**想**的地方	Qīngchéng Shān　suànzuò　lǐxiǎng 青城　山　算作　理想
論花**草**，**菊**花**種**類**之**多，花**式之奇**，可以**甲**天**下**	huācǎo　júhuā　zhǒnglèi 花草　菊花　種類 huā shì zhī qí　jiǎ tiānxià 花 式 之 奇　甲 天下
為了**水仙**，**素心**臘梅，各**色**的**茶**花	shuǐxiān　sù xīn　gè sè　cháhuā 水仙　素 心　各 色　茶花

（二）前鼻韻母、後鼻韻母分辨（-n /-ng）

不**管**我的**夢想能**否**成**為事實	bùguǎn　mèngxiǎng　néngfǒu　chéngwéi 不管　夢想　能否　成為

那**片淡**而**光潤**的綠色都在**輕輕**地**顫動**	piàn dàn guāngrùn qīngqīng 片 淡 光潤 輕輕 chàndòng 顫動
但是從我的**生活經驗**去**判斷**，**北平**之秋**便**是**天堂**	dànshì cóng shēnghuó jīngyàn 但是 從 生活 經驗 pànduàn Běipíng biàn tiāntáng 判斷 北平 便 天堂
荷葉可還有一**片清香**	qīngxiāng 清香

（三）n 聲母、l 聲母分辨

我看見**了嫩柳**與菜花，碧**浪**與翠竹	nènliǔ bìlàng 嫩柳 碧浪
最**理**想的地方	lǐxiǎng 理想
拴住**了**我的心**靈**	xīnlíng 心靈
滌清**了**心中的萬**慮**	wàn lǜ 萬 慮
雖然並不怎樣和**暖**	hénuǎn 和暖
素心**臘**梅	làméi 臘梅

（四）一字聲調練習（按照實際讀出的聲調注音）

秋天**一**定要住北平	yídìng 一定
荷葉可還有**一**片清香	yí piàn 一 片
是沒有**一**項不使人滿意的	yí xiàng 一 項
彷彿就受**一**點兒寒冷	yìdiǎnr 一點兒

（五）不字聲調練習（按照實際讀出的聲調注音）

不管我的夢想能否成為事實	bùguǎn 不管
論天氣，**不**冷不熱	bù lěng bú rè 不 冷 不 熱
雖然並**不**怎樣和暖	bù zěnyàng 不 怎樣

作品 59 號《紫藤蘿瀑布》

❶ 重點句、段練習

參考句中停頓的提示，把握朗讀時的流暢度

Cóngwèi jiànguo kāide zhèyàng shèng de téngluó zhǐ jiàn yí piàn huīhuáng
（1） 從未 見過 / 開得 這樣 盛 的 藤蘿 ，只 見 / 一 片 輝煌
de dàn zǐsè xiàng yì tiáo pùbù cóng kōngzhōng chuíxià bú jiàn qí
的 淡 紫色， 像 一 條 瀑布， 從 空中 垂下 ，不 見 其
fāduān yě bú jiàn qí zhōngjí zhǐshì shēnshēn-qiǎnqiǎn de zǐ fǎngfú zài
發端 ，也 不 見 其 終極 ，只是 / 深深淺淺 的 紫， 彷彿 在
liúdòng zài huānxiào zài bùtíng de shēngzhǎng
流動 ，在 歡笑 ，在 不停 地 生長 。

Hūrán jìqǐ shí duō nián qián jiā mén wài yě céng yǒuguo yí dà zhū
（2） 忽然 記起 / 十 多 年 前 ，家 門 外 / 也 曾 有過 一 大 株 /
zǐténgluó tā yībàng yì zhū kū huái pá de hěn gāo dàn huāduǒ cónglái dōu
紫藤蘿，它 依傍 一 株 枯 槐 / 爬 得 很 高，但 花朵 從來 都
xīluò dōng yí suì xī yí chuàn língdīng de guà zài shùshāo hǎoxiàng zài
稀落， 東 一 穗 西 一 串 / 伶仃 地 掛 在 樹梢 ， 好像 在
cháyán-guānsè shìtàn shénme
察顏觀色 ，試探 什麼 。

Guòle zhème duō nián téngluó yòu kāihuā le érqiě kāi de zhèyàng
（3） 過了 / 這麼 多 年 ， 藤蘿 / 又 開花 了，而且 開 得 這樣
shèng zhèyàng mì zǐsè de pùbù zhēzhùle cūzhuàng de pánqiú wòlóng
盛 ， 這樣 密，紫色 的 瀑布 / 遮住了 / 粗壯 的 盤虯 臥龍
bān de zhīgàn búduàn de liúzhe liúzhe liúxiàng rén de xīndǐ
般 的 枝幹 ， 不斷 地 流着，流着， 流向 人 的 心底。

❷ 詞語練習

（一）難讀字詞認記

像一條**瀑布**，從空中**垂下**	pùbù 瀑布　chuíxià 垂下
紫色的大**條幅**上，泛着點點銀光，就像**迸濺**的水花	tiáofú 條幅　bèngjiàn 迸濺
它**依傍**一株**枯槐**爬得很高	yībàng 依傍　kū huái 枯 槐
花和生活**腐化**有什麼必然關係	fǔhuà 腐化
我曾**遺憾**地想	yíhàn 遺憾

（二）必讀輕聲詞、一般輕讀詞練習（一般輕讀詞的輕讀音節，注音前加圓點作標記）

才知那是每一朵紫花中**的**最淺淡**的部分**	bùfen 部分
花和生活腐化有**什麼**必然**關係**	shénme 什麼　guānxi 關係
過**了這麼**多年	zhème 這麼

（三）多音字分辨

從未見過開得這樣**盛**的藤蘿	shèng 盛 / chéng fàn 盛 飯
和陽光互相**挑**逗	tiǎodòu 挑逗 / tiāoxuǎn 挑選
香氣**似**乎也是淺紫色的	sìhū 似乎 / shìde 似的

（四）四字詞

shēnshēn-qiǎnqiǎn 深深淺淺	cháyán-guānsè 察顏觀色
pánqiú wòlóng 盤虯 臥龍	

3 發音分辨

（一）翹舌音、平舌音、舌面音聲母分辨（zh ch sh /z c s /j q x）

從空**中垂下**，不**見其**發端，也不**見其終極**	cóng kōngzhōng chuíxià 從 空中 垂下 jiàn qí zhōngjí 見 其 終極
索性連那**稀**零的花**串**也沒有了	suǒxìng xīlíng huāchuàn 索性 稀零 花串
我撫摸了一**下**那**小小**的**紫色**的花**艙**	xiǎoxiǎo zǐsè huācāng 小小 紫色 花艙

（二）前鼻韻母、後鼻韻母分辨（-n /-ng）

泛着**點點銀光**，就**像迸濺**的水花	fànzhe diǎndiǎn yínguāng xiàng bèngjiàn 泛着 點點 銀光 像 迸濺
夢幻一**般輕輕**地**籠**罩着我	mènghuàn yìbān qīngqīng lǒngzhào 夢幻 一般 輕輕 籠罩
它**張滿**了**帆**	zhāngmǎn fān 張滿 帆

（三）n 聲母、l 聲母分辨

彷彿在**流**動	liúdòng 流動
過**了**這麼多**年**，藤**蘿**又開花**了**	nián téngluó 年 藤蘿
那裏滿裝生命的酒**釀**	nà·lǐ jiǔniàng 那裏 酒釀
但花朵從來都稀**落**	xīluò 稀落

（四）一字聲調練習（按照實際讀出的聲調注音）

只見**一**片輝煌的淡紫色	yí piàn 一 片
一朵紫花	yì duǒ 一 朵
夢幻**一**般輕輕地籠罩着我	yìbān 一般
東**一**穗西**一**串伶仃地掛在樹梢	yí suì yí chuàn 一 穗 一 串

（五）不字聲調練習（按照實際讀出的聲調注音）

我**不**由得停住了腳步	bùyóude 不由得
也**不**見其終極	bú jiàn 不 見
在**不**停地生長	bùtíng 不停
花和人都會遇到各種各樣的**不**幸	búxìng 不幸
不斷地流着	búduàn 不斷

作品 60 號《最糟糕的發明》

1 重點句、段練習

參考句中停頓的提示，把握朗讀時的流暢度

（1） Zài yí cì míngrén fǎngwèn zhōng bèi wèn jí shàng gè shìjì zuì zhòngyào de fāmíng shì shénme shí yǒu rén shuō shì diànnǎo yǒu rén shuō shì qìchē děngděng Dàn Xīnjiāpō de yí wèi zhīmíng rénshì què shuō shì lěngqìjī
在一次名人訪問中，被問及/上個世紀/最重要的發明是什麼時，有人說/是電腦，有人說是汽車，等等。但新加坡的一位知名人士/卻說是冷氣機。

（2） Qíshí èr líng líng èr nián shíyuè zhōngxún Yīngguó de yì jiā bàozhǐ jiù píngchūle rénlèi zuì zāogāo de fāmíng Huò cǐ shūróng de jiùshì rénmen měi tiān dàliàng shǐyòng de sùliàodài
其實/二零零二年十月中旬，英國的一家報紙/就評出了/“人類最糟糕的發明”。獲此“殊榮”的，就是人們/每天大量使用的塑料袋。

（3） Tiánmái fèiqì sùliàodài sùliào cānhé de tǔdì bùnéng shēngzhǎng zhuāngjia hé shùmù zàochéng tǔdì bǎnjié ér fénshāo chǔlǐ zhèxiē sùliào lājī zé huì shìfàng chū duō zhǒng huàxué yǒudú qìtǐ qízhōng yì zhǒng chēngwéi èr'èyīng de huàhéwù dúxìng jí dà
填埋/廢棄塑料袋、塑料餐盒的土地，不能生長莊稼/和樹木，造成/土地板結，而焚燒處理/這些塑料垃圾，則會釋放出/多種化學有毒氣體，其中/一種稱為二噁英的化合物，毒性極大。

❷ 詞語練習

（一）難讀字詞認記

上個**世紀**最重要的發明	shìjì 世紀
獲此“**殊榮**”	shūróng 殊榮
餐用**杯盤**	bēi pán 杯 盤
這些**廢棄物**形成的垃圾，數量多、**體積**大、重量輕、不**降解**	fèiqìwù 廢棄物　tǐjī 體積　jiàngjiě 降解
一旦被**牲畜吞食**，就會**危及**健康甚至**導致**死亡	shēngchù 牲畜　tūnshí 吞食　wēi jí 危 及 dǎozhì 導致

（二）必讀輕聲詞、一般輕讀詞練習（一般輕讀詞的輕讀音節，注音前加圓點作標記）

上個世紀最重要的發明是**什麼**	shénme 什麼
如果**沒有**冷氣	méi·yǒu 沒有
就是**人們**每天大量使用的塑料袋	rénmen 人們
不能生長**莊稼**和樹木	zhuāngjia 莊稼

（三）多音字分辨

他的回**答**	huídá　dāying 回答 / 答應
散落在田間、路邊及草叢	sànluò　sōngsǎn 散落 / 鬆散

（四）四字詞

shíshì qiúshì 實事求是	yǒulǐ-yǒujù 有理有據
tūfā qí xiǎng 突發奇想	

（五）人名、專名

Xīnjiāpō 新加坡	Dōngnányà 東南亞
èr'èyīng 二噁英	

❸ 發音分辨

（一）翹舌音、平舌音、舌面音聲母分辨（zh ch sh /z c s /j q x）

看了**上述**報道，我突發**奇想**	shàngshù qí xiǎng 上述 奇 想
為**什**麼沒有**記者**問：“20 **世紀最糟**糕的發明**是什**麼？”	wèishénme jìzhě shìjì 為什麼 記者 世紀 zuì zāogāo shì 最 糟糕 是
而焚**燒處**理**這些塑**料垃圾，**則**會**釋**放**出**多**種**化**學**有毒**氣**體	fénshāo chǔlǐ zhèxiē sùliào zé 焚燒 處理 這些 塑料 則 shìfàng chū zhǒng huàxué qìtǐ 釋放 出 種 化學 氣體

（二）前鼻韻母、後鼻韻母分辨（-n /-ng）

在一次**名人訪問中**	míngrén fǎngwèn zhōng 名人 訪問 中
用塑料製**成**的快**餐飯**盒、包**裝**紙、**餐用**杯**盤**	zhìchéng fànhé bāozhuāng 製成 飯盒 包裝 cān yòng bēi pán 餐 用 杯 盤

一旦被**牲**畜**吞**食，就會危及**健康**	yídàn shēngchù tūnshí jiànkāng 一旦 牲畜 吞食 健康

（三）n 聲母、l 聲母分辨

有人說是電**腦**	diànnǎo 電腦
卻說是**冷**氣機	lěngqìjī 冷氣機
人們每天大**量**使用的塑**料**袋	dàliàng sùliàodài 大量 塑料袋
給治**理**工作帶來很多技術**難**題	zhìlǐ nántí 治理 難題
散**落**在田間、**路**邊及草叢中	sànluò lùbiān 散落 路邊

（四）一字聲調練習（按照實際讀出的聲調注音）

在一次名人訪問中	yí cì 一 次
新加坡的**一**位知名人	yí wèi 一 位
英國的**一**家報紙	yì jiā 一 家
一旦被牲畜吞食	yídàn 一旦
其中**一**種	yì zhǒng 一 種

（五）不字聲調練習（按照實際讀出的聲調注音）

就**不**可能有很高的生產力	bù kěnéng 不 可能
重量輕、**不**降解	bú jiàngjiě 不 降解
不能生長莊稼和樹木	bùnéng 不能

附錄

多音字索引

多音字	詞例	作品篇數
了	gàn·bùliǎo suàn·bùliǎo yǒu le 幹不了 算不了 / 有 了	15, 17
少	shàonǚ shǎoshù 少女 / 少數	43
吐	tǔ·chū ǒutù 吐出 / 嘔吐	31
好	hǎo nǚzǐ àihǎo 好 女子 / 愛好	1
血	yǒu xiě yǒu ròu xuèyuán xuèguǎn rèxuè 有 血 有 肉 / 血緣 血管 熱血	11
行	sān-wǔ háng bù xíng 三五 行 / 不 行	51
似	shìde sìhū xiāngsì qiàsì 似的 / 似乎 相似 恰似	1, 5, 8, 11, 16, 25, 40, 43, 44, 47, 56, 58, 59
弄	nòngzhòu nòng de lòngtáng 弄皺 弄 得 / 弄堂	7, 57
和	hénuǎn nuǎnhuo 和暖 / 暖和	58
泊	húpō piāobó 湖泊 / 漂泊	56
空	kòngwèi kòngdì kōnghuà luòkōng tāo kōng 空位 空地 / 空話 落空 掏 空	10, 20, 26, 41, 47
冠	shùguān guànjūn 樹冠 / 冠軍	47
削	zhèngzài xiāo bōxuē 正在 削 / 剝削	28
勁	màijìnr qiángjìng 賣勁 / 強勁	41
挑	tiǎozhàn tiǎodòu tiāoxuǎn 挑戰 挑逗 / 挑選	44, 59
柏	bǎishù bǎidòng Bólín 柏樹 柏洞 / 柏林	5, 38
為	wéirén wéi suǒ bìxū wèi tígōng le yīn·wèi 為人 為……所必需 / 為……提供 了 因為	13, 19, 31

多音字	詞例	作品篇數
胡	hútòngr gòngtóng 胡同 / 共同	41
重	rúhé zhòng chóngfù 如何 重 / 重複	49
乘	chéng liú chéng chē qiān shèng zhī guó 乘 流 乘 車 / 千 乘 之 國	22, 54
倒	dào chuí dàoyìng dàotuì dàoshù dàoxuán 倒 垂 倒映 倒退 倒豎 倒懸 dào xiàng dào zhǎn dàohǎo dǎotā lèidǎo dǎoméi 倒 像 倒 展 倒好 / 倒塌 累倒 倒霉	1, 12, 14, 23, 27, 29, 32, 38, 50
剝	xiāo de bōxuē 削 得 / 剝削	9
埋	mái zài máizàng mányuàn 埋 在 埋葬 / 埋怨	26, 35
差	chābié chàbuduō 差別 / 差不多	2
晃	yáo·huàng huàngdòng huàngyōuyōu huǎngyǎn 搖晃 晃動 晃悠悠 / 晃眼	5, 12, 18
秘	mìmì shénmì Bìlǔ 秘密 神秘 / 秘魯	19, 46
將	jíjiāng jiànglǐng 即將 / 將領	46
強	juéjiàng tǐnglì qiángdà miǎnqiǎng 倔強 挺立 / 強大 / 勉強	1, 54
得	zhēn děi háiděi dédào 真 得 還得 / 得到	17, 57
掃	sǎoxìng sǎoshì sàozhou 掃興 掃視 / 掃帚	30, 50
掙	zhèngtuō zhēngzhá 掙脱 / 掙扎	32
教	jiāo wǒ jiàoyù 教 我 / 教育	10
盛	shèng chéng fàn 盛 / 盛 飯	59
紮	zāchéng zhùzhā 紮成 / 駐紮	9, 20
累	suǒ lěi tuōlěi hěn lèi 所 累 拖累 / 很 累	35, 43
處	xiāngchǔ chùsuǒ hǎo·chù zuì kuān chù 相處 / 處所 好處 最 寬 處	10, 26, 56
喝	hèzhǐ chīhē 喝止 / 吃喝	39

多音字	詞例	作品篇數
場	dì-yī cháng xuě yì cháng xuě 第一 場 雪 一 場 雪 / yì chǎng biáoyǎn yì chǎng bǐsài 一 場 表演 一 場 比賽	5, 11
幾	jīhū jǐhé 幾乎 / 幾何	45
散	chāisàn sànfā sànluò sōngsǎn 拆散 散發 散落 / 鬆散	33, 40, 60
朝	zhāoxiá cháodài 朝霞 / 朝代	18
答	dá'àn huídá dāying 答案 回答 / 答應	11, 26, 60
結	jiéchéng jiéshí jiéguǒ 結成 結識 結果（事物發展達到的最後狀態）/ jiēshi jiēguǒ 結實 結果（長出果實開花結果）	22, 24, 49
華	Huáxià Huàshān 華夏 / 華山	45
着	shuìzháole zháojí yòngdezháo mōdezháo 睡着了 着急 用得着 摸得着 / zhuóluò zhízhuó kànzhe 着落 執着 / 看着	14, 17, 24, 43, 46
跑	Hǔpáosì pǎobù 虎跑寺 / 跑步	25
塞	sāi jìn.lái sāidào bìsè dǔsè sàiwài 塞 進來 塞到 / 閉塞 堵塞 / 塞外	4, 39
暈	yùnquān yūndǎo 暈圈 / 暈倒	1
當	dàng wǎncān wú shì yǐ dàng guì dàngchéng 當 晚餐 無 事 以 當 貴 當成 / dāngzhōng dāndāng 當中 擔當	23, 54, 57
禁	jīn·búzhù jìnzhǐ 禁不住 / 禁止	24
寧	nìngyuàn níngjìng 寧願 / 寧靜	23
漲	zhǎngcháo gāozhàng 漲潮 / 高漲	34, 48
種	bōzhǒng zhǒngzi xià zhǒng gēngzhòng 播種 種子 下 種 / 耕種	26, 49, 57
稱	xiāngchèn duìchèn chēngzàn chēng zìjǐ 相稱 對稱 / 稱讚 稱 自己	10, 15, 36, 42

多音字	詞例	作品篇數
蒙	Měiméng Měngzú 美蒙 / 蒙族	42
噴	pēnzhe pēnsǎ pènxiāng 噴着 噴灑 / 噴香	23, 40
彈	fǎn tán zǐdàn 反 彈 / 子彈	29
撒	pūsǎ sājiāo 鋪撒 / 撒嬌	30
數	wúshù shǎoshù shǔ·bùqīng bùkě-shèngshǔ dàoshǔ 無數 少數 / 數不清 不可勝數 倒數	8, 10, 45
模	múyàng móxíng móhu 模樣 / 模型 模糊	3, 8, 36
蔓	zhīwàn mànyán 枝蔓 / 蔓延	3
調	tiáozhì tiáozhěng diàochá diàodùshì 調製 調整 / 調查 調度室	4, 31, 39
論	Lúnyǔ lǐlùn 論語 / 理論	6
鋪	pūzhe diànpù 鋪着 / 店鋪	33
興	gāoxìng xìngzhì xīngfèn 高興 興致 / 興奮	46, 55
縫	lièfèng fèngxì fénghé 裂縫 縫隙 / 縫合	34, 48
薄	hěn báo bóhòu 很 薄 / 薄厚	9
藏	cángzhe Xīzàng 藏着 / 西藏	29
轉	zhuǎn huì zhuǎnwān zhuǎnhuà zhǎnzhuǎn 轉 會 轉彎 轉化 輾轉 / zhuànpán 轉盤	11, 16, 32, 42
繫	jì zài liánxì 繫 在 / 聯繫	9
難	mónàn kǔnàn nán de duō kùnnan 磨難 苦難 / 難 得 多 困難	37, 46
露	lòuzhe lòuchū lòumiàn bàolù 露着 露出 露面 / 暴露	14, 27, 38
纍	liánpeng léiléi zuìxíng lěilěi 蓮蓬 纍纍 / 罪行 纍纍	24
鑽	luàn zuān zuān zuànshí 亂 鑽 鑽 / 鑽石	28, 49